JN028493

すべての人にいい人でいる必要なんてない

キム・ユウン
西野明奈／訳

かんき出版

모든 사람에게 좋은 사람일 필요는 없어

You don't have to be a good person for everyone
By Kim You-Eun
Copyright © 2019, 김유은
All rights reserved.
Original Korean edition published by GOOD BOOKS
Japanese translation rights arranged with GOOD BOOKS through BC Agency.
Japanese edition copyright © 2023 by KANKI PUBLISHING.

注記

著者ならではの文章の味わいを生かすため、
日本語の表記等は著者のルールに従い、
個人情報保護のため登場人物は
個人がわからないよう脚色しました。

自分を犠牲にしてまで
いい人になる必要は
ひとつもなかった。
「他人のつくった基準に自分を押し込める必要なんてなかった」

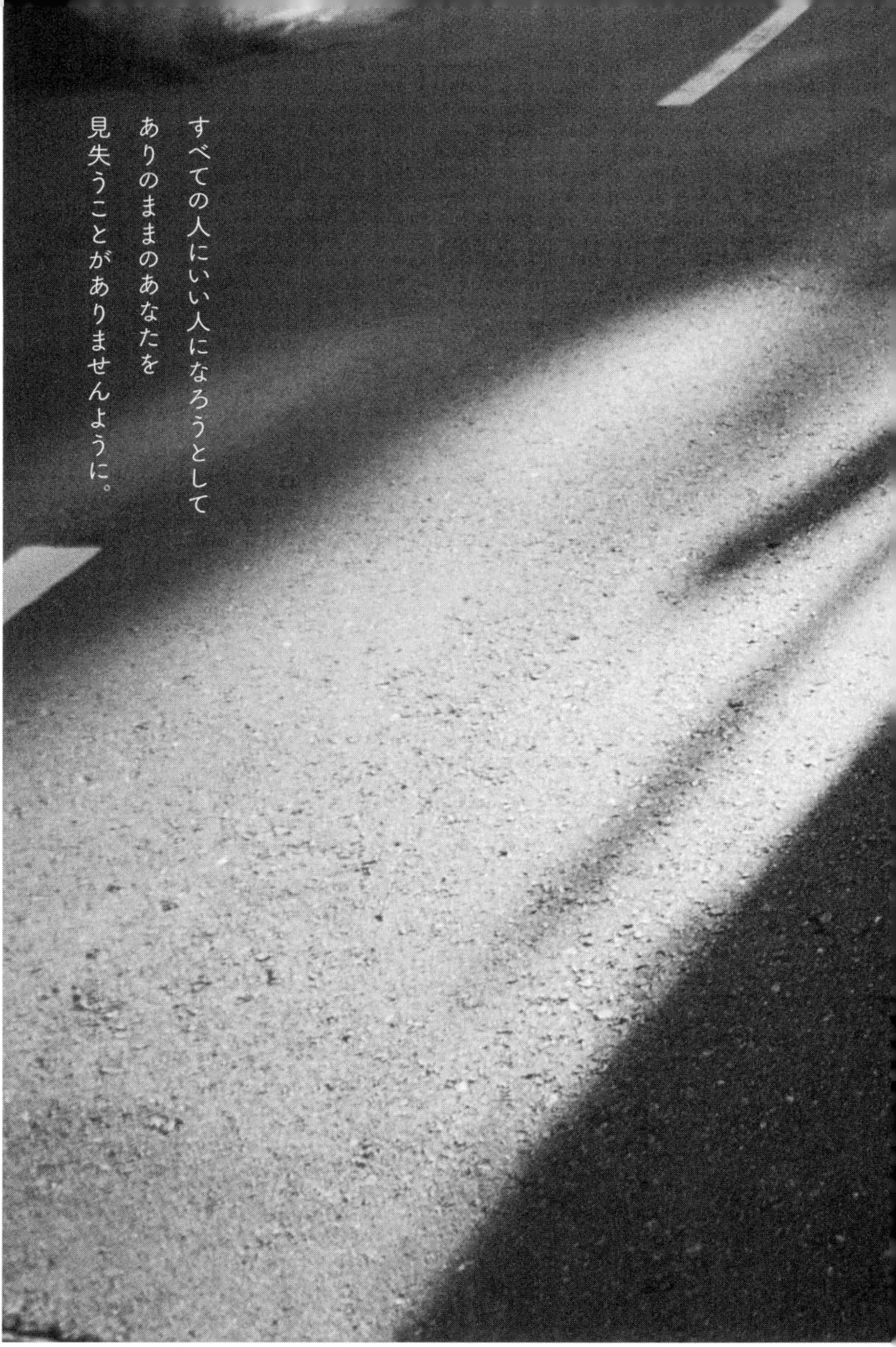

すべての人にいい人になろうとして
ありのままのあなたを
見失うことがありませんように。

はじめに

十年来の友人とひどいけんかをした日にわかりました。
人間関係では、永遠を約束することはできないと。
身内からのひどい干渉に腹を立てた夜に気づきました。
わたしのために言っているふりをして、実際はそうではないことを。
信頼していた上司に裏切られた日に誓いました。
他人が見せる姿をそのまますべて信じたりはしないと。

友人とうまく付き合う方法だけ学んで、
友人というものの本当の意味は誰も教えてくれませんでした。
礼儀正しく善良な人になれとばかり言われて、
無礼でいじわるな人とどう付き合えばいいかは学べませんでした。
人と関係を結んで付き合うことが、
わたしにはとても難しくて怖かったのです。

ぶつかり、傷つき、泣いたりもしながら、知りました。
人間関係とは流動的で主観的なものだと。
自分と合うならいい縁になるし、合わないならためらわずに別れを告げてもいい。
人に配慮できない人と、あえて仲良くなろうと努力しなくてもいいのです。

他人による評価にとらわれることはありません。
人のつくった基準に自分を押し込める必要もありません。
嬉しいことに喜べて、悲しいことに悲しめて、
感謝の思いに笑ったり涙ぐんだりして、
くたびれてもへたばらないあなたは、
もう十分にいい人です。
だから、すべての人にいい人になろうとして、
ありのままのあなたを見失うことがありませんように。

キム・ユウン

CONTENTS

#02

いつか懐かしく思い出す今日だから。

——日常の小さな幸せを見つけたとき

#03

人も心に埋めているんだ。
——愛がつらくなるとき

04

その人とのもつれを抱えて進もうと思うなら。
——人間関係のせいで自尊心が低くなるとき

ブックデザイン／西垂水敦・市川さつき(krran)
装画／ぬごですが。
写真／na.(Instagram @n_photodays)
DTP／Office SASAI
翻訳協力／株式会社リベル

＃01

今日も一日、
よく耐え抜いたきみへ。

——つらい一日だったとき

一日が果てしなく長いなら、
きちんと生きているって
意味のはず。

01／隠し絵クイズ

毎日同じように繰り返されるルーティンに、疲れてしまうときがある。数えきれないぐらいやってきた仕事が、やけに下手だと感じる日もある。時間がどう流れたのかもわからないぐらい、猛烈に忙しい日もある。そんな一日を終えた夜は、過ごしたというより、なんとか耐え抜いたように感じる。すっかりへとへとになって、疲れ果ててしまった心は、たちまちカサカサになってしまう。

朝から晩までノートパソコンの前で頭をひねってみたものの、原稿一本すら書けない日だった。すぐに書けばいいのかもしれないけれど、書きたいという思いとは裏腹に書けなくて腹が立ってきた。終わらせないといけない原稿がいくつもあるのに、思いどおりにこなせない自分をけなしたり、あきれたりもした。目が覚めると机の前に座り、急ぎの仕事を片づけ、食事をし、執筆し、また食事をして書くというルーティンの最中に、心が折れたことも一度や二度ではない。

よく笑って幸せそうな人たちのように、わたしにも幸せが訪れてほしいと思っていた。幸せは誰かが、あるいは状況が授けてくれるものだと、ぐうたらに考えていた。どうしてわたしにはちょっとした喜びさえ訪れないのかと、寂しく感じた。このくらい苦労したんだから、次はいいことがやってくるときなんじゃないかと、友人に向かって駄々をこねた。友人とのそんな会話の中で、幸福の本質はかくれんぼのようだ、という話になった。幸せは向こうから訪れるのではなく、隠れているので自分で探し出さなければいけない、という内容だった。それからというもの、わたしはときどき鬼になって、隠れた幸せを探そうとがんばってみたけれど、上手に隠れてしまっていて見つけられなかった。

不思議なことに、母に連絡をするといつも、ちょっとしたことでも何か楽しかったことを話してくれる。書道を練習していて、文字が上手に書けて嬉しかった。父さんの好きな小豆カルグクス〔麺料理〕をつくったら、味つけがうまくいって気分がよかった。本を読んでいたら、前にはさんでおいたもみじの葉を見つけた。父さんと近くの公園を散歩した帰り道に買ったスモモがおいしかった。そんな小さな幸せについて。母は毎日幸せを見つけていた。母の話を聞きながら、どうやらわたしはごたいそうな何かを期待していたことに気がついた。わたしの一日が丸ごと不幸な出来事の数珠つなぎというわけでもなければ、母の一日がひときわ楽しい出来事に満ちているというわけでもなかった。ただ、わたしがあちこちにある喜びを見落としていて、見つけださないといけないとばかり考えていたのだ。

俗にいう「一発逆転」のチャンスがわたしにもあるかもしれないと、愚かな期待をしていた。逆転ホームランのような、現実味のない幸せを追いかけていたのかもしれない。幸せは配達されるものでも、ひとりでに訪れるものでもない。ただ、自分で見つけるものだった。日常の幸せは、隠し絵クイズのようなものだ。見えないところに隠された何かを探すのではない。隠し絵クイズのように、すでに目の前に広がっている今日という日から、大小の幸せを発見して進めばいい。幸せというのは、隠れていたり、特別な場所で待っていたりはしない。ただ、わたしたちの平凡な日常の中で自然に見つかる喜びや笑いを、心のどこかで抱きしめるのを待っている。

01

今日も一日、
よく耐え抜いたきみへ。

隠し絵クイズをうまく解く方法は、とても簡単だ。何かひとつに執着することなく、広い視野をもてばいい。幸せを見つける方法も同じだ。うんざりしたり、ぐったりしたりする自分の日常を、一度ぐらいは大きくゆったり眺めてみること。一日中、机の上のモニターだけを眺めているわたしが、どこかでこれを読んでくれているあなたのために一編書きあげたというだけで幸せを満喫している、いま、この瞬間のように。

隠し絵クイズ：
複雑に描かれた絵を見て、そこに隠されたものを探す遊び

02
／
自分に寛大になりきれないときは

一度、思いきり転んでもいい。一度の失敗でそれまでの努力をすべて無駄にしなくてもいい。ぽこっと突き出た石を見逃して、足を引っかけて転んだだけだ。そこでわざわざ自分の欠点を探す必要はない。自分に対しては、不思議なぐらい寛大になるのが難しい。過去の自分をもちだして叱責することはないし、まだ訪れてもいない未来の自分を想像してあせる必要もない。これからやっていけばいいし、じっくりはじめればいい。

深呼吸をひとつして、少しの余裕をもってもいい。まじめに美しく歩んでいるいまの自分を、よくやっているよと、広い心で抱きしめてもいい。

きちんと進んでいるのだから、少しは余裕をもって生きていけることを願って。

03 ／ 変わっても大丈夫

わたしは「終始一貫」という言葉の意味自体は認めるけれど、終始一貫というものの存在は信じていないほうだ。「終始一貫」の辞書上での意味は、「始めから終わりまで変わらず同じ」だ。つねに同じ姿、同じ心、同じ考えで生き抜くことがどんなに難しいか、よく知っている。だからなおさら、人に対して終始一貫するのは難しいと思っている。

変わらないものの代表として比喩的に使われる樹木も、常緑樹といえども少しずつ姿が変化するのが自然の道理だ。だから、毎日違う空気と温度で生きている人間が変化するのは当然のこと。わたしも変化を重ねてきた。親しくもない友人がわたしの悪口を言っていたという話に何日か泣き明かした十代のころとは違って、過ぎ去った縁に執着しなくなった。間違いだらけの自己主張を曲げない人に無条件に合わせるだけだった社会人一年生から、自分の主張や正しさを見せながら妥協する方法を知る立派な社会人になった。いつもプラスの方向に変わったのではない。何があっても寝る前にスキンケアをするんだと、パックやマッサージをしていたのに、かろうじてメイクを落として、洗顔だけして寝る夜が日常茶飯事になった。

ささいな行動から壮大な考えまで、変わったり、また自分でも変えたりしながら生きていく。変わらないわけがない。習慣が変わったかもしれないし、食の好みが変わったかもしれない。人を見る視点が変わったり、魅力を感じるポイントが変わったりもする。性格が変わることもあれば、外見が変化したりもする。そのいくつもの変化のさなかでも、あなたは地道に努力していると、わたしは知っている。

たくさんの外的変化に適応するために、そして過去の記憶から自分を守るために、変化し整えていく。つらい日々が多かったから、必死に笑みを浮かべて過ごしているのだ。過去の傷がぶり返すのを恐れて、強いふりや平気なふりをしているのだと、わたしは知っている。「どうしてわたしはこうなったんだろう？　以前はああだったのに」。そんな考えが浮かんだとしたら、しばらく深呼吸をして、その考えを払いのけてみよう。過去のあなたがつくりだした現在のあなたは、とても素敵だ。誰よりもきちんと生きてきた。

終始一貫、今日という時間のために、誰よりも最善を尽くして生きている、その努力の重みを知っている。終始一貫ではいられないけれど、あなたは一貫して努力してきた。変わっても大丈夫。どんな姿であろうと、ありのままのあなたが大切だから。

04／弱っていく姿が怖くなるとき

雨が降る前は空が暗くなるように、気持ちが暗くなった日は、ひとしきり涙をあふれさせてもいい。いつからか、涙を流すことさえも、人目が気になって躊躇《ちゅうちょ》するようになった。泣いても解決しないことも知った。心を許して楽に泣ける場所が思った以上にないことも。それでもあなたには、すっきりするぐらい泣いてみてほしい。灰色の雲をそのまま抱いて生きていくには、意外といい世の中だ。ぐっと沈んで悲しい気持ちを胸に刺したまま、やっとの思いで一歩ずつ進むには、あなたの明日は清々しすぎる。どんどん積もって、いつの間にか重たくなった感情の雲を軽くしてあげてもいい。ときには自分のためだけの涙が必要だ。

幼いころ、足を踏みはずしてアスファルトの地面で転んだことがある。膝は血がでるほど擦りむけ、手にも傷がついた。泣いたところで傷が癒えるわけでもなく、時間は戻せないのに、わたしは母に駆け寄って泣いた。自分で足を踏みはずしたとはいえ、何がそんなに悲しかったのかはわからないけれど、ひたすら泣いた。それからやっと、ズボンについた土をぽんぽんとはたいて起き上がり、歩くことができた。足を引きずってはいたけれど、座りこみ続けていることはなかった。

いつかの夕立のように、短時間だけ泣くのもいいし、真夏の長雨みたいにちょっと長めに悲しむのもいい。胸に長く抱えすぎて大きなあざができてしまう前に、あふれさせなくてはいけない。平気なふりをしたからといって、本当に平気なわけではない。どんな理由の涙も、心が弱いから流れるのではない。心がどんなに強くても、押し寄せるつらさをちょっとだけ手放す瞬間は必要だ。

つらい時間の真っ只中でさまよっているとき、まわりから聞こえたのは、がんばれという応援の声だった。絞り出せる力なんてもうないのに、がんばれと応援されたところで、なんのねぎらいにもなってくれなかった。「できるよ！」という言葉は、ちょっとでも遅れをとってはいけない、という叱責のように感じられた。終わりそうにない迷いの時間が過ぎるのを待った。出口のないトンネルのような時間を通り抜けてみてわかった。がんばらなくてもいいし、いまできないなら、少し休んでからやり直せばいい。

少しでも弱っている姿を見せたときに、つまらないことをむやみに恐れるなと言ってくるような人の声は、気にするべきではない。そんなとき、以前のわたしは何も言い返さなかった。いや、言い返せなかった。反論をする余力もなかったからだ。聞き流すこともできずに胸の片隅に入れておいた声が、いまでも聞こえるときがある。その声を無視できなかった過去のわたしが気の毒になる。

いまのわたしは、小さな変化を経て生きている。自分に必要のない言葉は、傷んだ食べ物を吐き出すように、ぽいっと放り投げておく。不快な言葉をあえて無理やり飲み込んで、胸のあたりにこびりつかせたりはしない。

人のつらさにことに寛大になれない人がいる。そんな人の視線から抜け出そう。いまの苦難が永遠ではないとよくわかっている。今日、涙を流したからといって、泣くだけの日々が明日もその次の日も続くわけではないことも知っておこう。自分のつらさを誰よりも自分が労わってあげてこそ、大きな傷跡にならずにうまくやり過ごせる。

信仰している宗教はないけれど、
旧約聖書に出てくるこの一節が、
とても気に入っている。
「これもまた過ぎ去るだろう」
あなたの痛みもまた、間違いなく過ぎ去るだろう。

05

／

「大丈夫」に隠された言葉

「大丈夫」という言葉ひとつに隠さなければいけない感情は、かなり重い。昇進の失敗、家族内でのいざこざ、返済すべき利息。誰かがかけてくれる労わりの言葉も、聞きたくないというもどかしさのせいで、大丈夫だとうやむやに返事をしてしまう。

元気だという言葉に押し込めなければいけない現実は、どんよりするばかりだ。三十歳を過ぎた自分の姿は、想像していたそれとまるで違う。親や友達からの愛情のこもった心配の言葉を聞くのも苦しくて、元気だよと軽い笑顔でなんとかやり過ごす。

大丈夫でいられないぐらい大変なことが続けざまに起こって、元気でいられないぐらい悲しくなる出来事が増えた。それでもなかなかよく耐えている。明日が楽しみでわくわくする気持ちでもなく、喜びだけに満ちた日ではなくても、毎日を歩き抜いている。どこかで、わたしと同じような一日を美しくしようと必死に耐えていたあなたも、本当にお疲れさま。

「がんばって歩いてくれて、ありがとう」

06／ためらわず、そして毅然と

幸せを奪われたような気分になるときがある。いいことがあるといつも、待ってましたと言わんばかりに訪れる悪いことが、とても憎かった。わたしの幸せを嫉妬しているみたいに、どこからか悲しい出来事がやってきた。そんな状況をひたすら繰り返していたら、あるときからわたしは鈍感になっていた。感情の波が変化にとぼしくなったのではなく、喜びと悲しみの交点に向き合うことを、自我の防衛機制を働かせて鈍感にしていた。

思う存分幸せになってもいいし、好きになってもいい、そんなことが近づいてきても、ためらうようになった。ここでいま幸せになりすぎたら、あとに続く不幸がいっそうつらくなるかもしれないという不安のせいだった。訪れる幸せには努めて冷淡に振る舞った。どうせいつか去ってしまうとわかっているから、この瞬間をあまり楽しまないで、あとで不幸にならないほうがいいと思っていた。

そんなふうに過ごしてかなりの時間が流れ、わたしは本当に、喜びが訪れたときの笑い方を知らない人間になっていた。下がる瞬間があまり悲しくないほうがいいと思って、感情の上昇を最小限に抑えることに集中した。そうしていたら、わたしの感情曲線には、もはやよくない感情しか属していなかった。

夜の空気が好きだという理由で笑う方法を、いいことがあったと浮かれて友達にぺちゃくちゃと自慢する方法を、何気なく入った食堂で好物のスンドゥブチゲがとてもおいしいと言って喜ぶ方法を、すべて忘れて生きていた。訪れる不幸に備えながら生きる日常は、色を失くしてしまった。

心ゆくまで喜び悲しむこともまた、人だから享受できる特権だと思った。悲しみを恐れて喜びまで失ってしまうなんて、バカげていた。楽しさが訪れたら腕を広げて喜んで迎え入れ、困難が近づいたら大胆に受け入れる。それは難しいことだけれど、やるべきことだった。

いま一度、大小の感情に繊細に反応したり、感情を受け入れたりする練習をしている。笑うべきことに笑って、悲しむべきことに涙を流せる、そんな人間らしさを感じているところだ。読者がときおり送ってくれる応援メールが一日を幸せで満たし、書店のウェブサイトの読者レビュー欄に書かれた真心のこもった感想が、喜ばしい一日として保管してくれる。明日にでも訪れるかもしれない果てしない悲しみが実際にやってきたとしても生きていけるのは、ふたたび訪れる幸せのためだろう。

読者が本を手にサインを頼んできたら、サインと共に必ず書き添える文言がある。わたしは心からすべての読者に喜んでいてほしいし、もしもある日、悲しみがやってきたとしても、ふたたび喜びで覆い尽くすよう願っている。

「嬉しいことはためらうことなく楽しみ、
悲しいことは毅然とやり過ごせますように」

07 ／ やみくもに我慢しなくてもいい

泣くなという言葉は、涙を流すなという意味ではない。ひたすら我慢して耐えしのげという意味ではない。泣くとしても少しですむよう願っているのだ。たくさん泣きすぎて目元がぐずぐずになるみたいに、心がぐずぐずになってしまわないか、ティッシュでぬぐい続けた肌がただれるみたいに、心がただれてしまわないか、わたしの心が痛むだけだ。強くならなくてもいいし、やみくもに我慢しなくてもいい。

これだけはお願いだ。
美しい人よ、どうかあまり傷つかないで。

08／前進について

人生において重要なのは速度ではなく方向である、という話を聞いた。どれだけ早く進んでいるかよりも、どこに向かっているのかを注視すべきという意味だ。確かに正しいけれど、人生の真っ只中でせっせと歩いてみると、方向より重要なものがある。その方向に行ってもいいんだと「信じる気持ち」だ。

手には地図が、道路には標識があっても、ためらってしまう。行くべき目的地を決め、方向も把握したにもかかわらず、足取りが重くなりがちだ。進みたかった道がはっきりしていても、突然、迷子になったような気分になる。行こうとしていた場所がどこなのか、なぜ行こうとしていたのか、すべてが混乱してきて、全部やめてしまいたい瞬間が訪れたりもする。

そうなると、無秩序にあふれてくるよくない考えに、めいっぱい打ちのめされてしまう。

「自分はどうしてこんな状態なんだろう、自分でやると言ったことなのに失敗したらどうしよう、人が見たらなんて言うだろう、どうして何ひとつうまくできないんだろう、いったいどうしてこんなにうまくいかないんだろう」

否定的な感情は幾何級数的に増加していくものだ。よくない考えたちのやることといったら、自尊心を地に落とすことだけ。自分が未熟なのでもなく、バカみたいでも、心が弱ったのでもない。誰にだって試練はやってくるものだ。突然訪れるかもしれないし、予測できるかもしれない。どんなかたちの試練だとしても、すべて自分の過ちのせいだと自責の念に駆られ続けることはない。

晴れた日ばかりは続かないし、悪天候の日もある。雨脚が強いままのことも、雷まで鳴っていまにも崩れそうにうるさい日もある。良い日があれば悪い日もある。ちょっと近寄ってきた妙なつらさに、絶望してへたりこまなくてもいい。乾いた土地には花が咲かない。花は雨が降ったあとに咲くものだ。激しく吹きつける風があるからこそ、大きく強い波が起きて前に進むのだ。

これまでうまくやってきたと信じる気持ちを
捨ててはいけない。
うまくやり遂げるという確信を
失くしてもいけない。
揺らめく波のように、
しばらくの間揺れるのはかまわないけれど、
信じる気持ちを水中深くに置いてしまってはいけない。
十分にうまくやってきたのだから、
一瞬の困難に立ち止まらなくてもいい。
行こうとしていた方向を信じて前進する番だ。

09 ／ 自分のために許す方法

誰かを一度憎んでしまうと、その憎しみを際限なく育てていた時期がある。我慢に我慢を重ねて限界値を突破したとき、最終的に爆発するように吹き荒れる嫌な感情に、どうするべきかわからなかった。嫌って憎むことにひたすらエネルギーを使っていた。対象はさまざまだった。かなり親しい友人も、職場の上司も、わたしに暴言を浴びせた人もターゲットになった。

腹が立つごとに小さな怒りを収めることができず、積もったあげくいちどきに破裂させていたものだ。そのせいで、一度腹が立つと取り返しがつかなかった。憎しみを収める方法がわからなかった。腹立たしい思いにさせた人に対して、もっと大変なことが起こって一日が台無しになればいいと祈った。他の人と話していても、自分につらい思いをさせた人の話になると、ぶり返す嫌な感情を抑えられなかった。悔しくて、悲しくて、腹が立つ、混乱した感情のうずで、さらにつらくなった。

こちらが腹を立ててからやっと、善行を積むように謝罪の言葉をかけてくる。「ごめん」。このひと言を言ってあげたんだからとっとと許しなさい、という強要が含まれている。それまでの無礼な振る舞いの重みは忘れ去ったまま、ごめんという軽い言葉で重い過ちを穴埋めしようとする。相手の間違いでできた傷なのに、心のこもらない謝罪が十分な回復薬になるはずもない。

ほんの一瞬でも、無礼を率直と思っている人を憎むために使う時間をもったいないと感じるようになった。時間とエネルギーは自分の好きな人たちに使いたかった。憎しみや恨みのような感情のせいで、そばにいる人と笑うための時間を奪われたくなかった。自分のためにも許すべきだった。相手の心を楽にしてあげる許しではなく、自分の心を楽にするために許すことにした。

新たな許しの方法は、自発的な関係の断絶だった。不快感を表すという警告を何度かしたにもかかわらず繰り返すなら、理解する努力をやめた。ふたたびいい関係に戻ろうという決定を下しもしなかった。他人ではなくひたすら自分のために、意を決して縁を切ることを選んだ。

すべての人に対していい人でいることを放棄した。憎んで当たり前のような人には、自分を犠牲にしてまでいい人になる必要はまったくない。心のこもらない謝罪に対して、いい人になろうと無理に笑って「大丈夫」なんて嘘をつかない。大丈夫じゃないときは大丈夫じゃないと言う。無礼な行動を改めることのできない相手の言動を、ミスだと言って理解したりしない。自分にとっていい人になることにした。

自分の時間と幸せのために心をどう使うかがわかった。彼らが笑えば自分も一緒に幸せになる存在、つまり家族や恋人、友人のために使う。誰かを憎んで無理やり許すのに消耗しつくしてしまったエネルギーを集めて、もっと素敵なことに使う。妹と漢《ハン》江《ガン》に行って風にあたってくるとか、恋人と一緒に絵を習うとか、読者に向けて何か書くとか、旧友と話をするとか、そんな大切なことに幸せなエネルギーを使う方法を知った。

よりよい人になりたいと思う日々だ。
ずっと一緒に楽しくいたいから、
好きな人たちに対してはいっそう心を砕き慎重に生きていく。
好きな人たちのためにうまく生きていきたい、
そんな今日だ。

10／今日も一日、よく耐え抜いたきみへ

今日も一日、よく耐えている、そしていまをうまく乗り越えている愛おしい人よ。きみは幸せであるべきだ。周囲の人が何気なく投げかけた言葉に心痛めることなく、食い違った縁が崩してしまった日常に倒れることなく、なんとしてもきみは幸せであるべきだ。

つかの間の縁に執着するために、その美しい心をぞんざいに扱うことなく、人の心は考えずに自身のことだけ考える利己的な人に合わせようとして自分を失うことなく、きみは幸せであるべきだ。これからは、きみが幸せになる番だ。

11／そのうち元気になることだけが残った

作家になる前は、書店や図書館へ行くと、文学以外のコーナーよりも文学コーナーでほとんどの時間を過ごしていた。自室の本棚も、詩集や小説がかなりの部分を占めていた。大型書店の平台に載っているエッセイを目にしても、大きく共感できない時期があった。慰めの言葉を探して読まないと耐えられない胸中を、そのころのわたしは理解できずにいた。

とくに何もなく小さな波しか起きてこなかったわたしという海が、巨大な台風に襲われた。悪いことというものは奇妙なもので、落ち着く暇もなく責め立てるように続けざまに起きる。父が突然、体調を崩して入院することになり、母も椎間板ヘルニアでしばらく寝込む羽目になった。わたしが受けた試験の不合格の知らせまで同じタイミングで届いた。いつもだったら、大きく頼もしい父の胸で試験に落ちた悔しさを吐露していたことだろう。父はわたしの頭をなでながら、心配することはない、ゆっくり進んでもいいからあせらなくていいんだよ、と慰めてくれたに違いない、そんな日だった。だけど現実は、ＩＣＵ（集中治療室）の面会時間にちょっと会えるだけだった。さぞ悔しかったろうにと、わたしが食べたがるものをあれこれつくってくれる母だけど、そのときは体を起こすことさえできなかった。病衣を着た父の前で涙を流さない方法を覚えなければならず、横になったままごめんと言う母を前に、手のひらが爪跡だらけになるまでぎゅっと握ることで泣くのを我慢する方法を体得しなければならなかった。

心がボロボロになるほど大変だった。誰のせいでもなく、突然やってきた困難は耐えがたいものだった。父に会いたいと思いながら入った書斎で、偶然目に入った一冊の随筆集を手に取った。父が本を読むのに座っていたロッキングチェアで、一気に半分ほど読んだ。本の中の誰かの人生が自分に似ているというだけでも、大きな慰めになった。困難は誰にでも訪れるとわかってはいたけれど、わたしだけが一人ぼっちで我慢しているのではないという事実だけでも力になった。その作家がかけてくれた大丈夫というひと言でよくなることはなくても、いつかわたしもよくなると思った。

父がICUから一般病棟に移って退院するまで、わたしは書斎で父の手垢がついた本を読み、その合間を縫って自分の話を書き進めた。そして、本当にわたしは元気になり、父も母もみんなよくなった。

誰かがわたしに、なぜ書くのかと訊ねてきたら、いまはこう答えている。いま元気になれない人に、元気になるよと言ってあげたいからだと。そして、あなたもそのうち元気になると。

12／他の人をうらやんでいるのなら

体がくたびれるように、心がくたびれることもある。疲れるという単純な感情とは違う性格の心の動きだ。心の体力を使い果たしてしまったせいで、何かに相対するとまず否定的な考えが浮かんでしまう。意欲がなくなったり、何もしたくないわけではないのにはじめることが無性に恐ろしくなる。うまくやり遂げたいという意思がもたらす恐れでもあり、うまくやり遂げられないだろうとあらかじめつくりだす心配でもある。

ある出版社から、出版契約のためのミーティングを求められた。その席で、出版社が出したという他の作家のエッセイ集を編集長が紹介していた。十万部以上売れたという説明も付け加えられた。この本みたいにたくさん売れる本をつくりましょうと言われたとき、心のどこかがイライラしていた。

失礼な話はひとつもされなかったのに、無性に泣きたくなるほど傷ついた。わたしがそれまでに出版した本が十万部に届かなかったことをわけもなく見下しているようだったし、わたしの書いたものには商品価値がなかったんだと思った。そんな意味で言ったのではないとわかってはいた。編集長の口調もよくない意味は込められていなかったのに、自責の念が生み出したとげとげしい考えが言葉尻をとらえた。わたしの文章を見下したのでも、わたしの本を見下したわけでもないのに、心の余裕がなくて言葉どおりに受け取ることができなかった。

久しぶりに連絡がきた友人との会話でもそうだった。軽い挨拶を交わしたあと、どうしていたか話していて一瞬ためらった。仕事をやめて作家になろうと歩きはじめた道は順調なだけではないとか、定期的にもらえるもののない人生になったので将来の計画が難しいと言うのが気まずかった。元気なふりをした。好きな仕事をして生きる幸せな人生であるかのような声音で、最後まで会話を続けた。通話のおしまいに友人が言った。

「がんばって、ユウン」

泣くまいと引き締めていた声が、がらがらと崩れ落ちてしまった。どこかから押し寄せる悲しみのせいで、あふれる涙をおさえることができなかった。急いで電話を切り、ひとしきり泣いた。そこで気がついた。わたし、心の体力を使い果たしたんだ、ちょっと休んでから進むべきときなんだ。

自分はあせらなくてはいけないと思っていた。横を見ないようにしても、見えるものはしかたなかった。周囲から聞こえてくる雑多な話に平気なふりをすることに、心の体力を使い果たしてしまったのだ。

大学生のころ、一緒に英語の勉強をしていた友人は、いい会社に就職して最近かっこいい車を手に入れたらしいし、高校の同級生だった友人は、就職が難しいからという理由で両親に広々としたカフェをもらったと聞いた。一緒に物書きをしつつ出版を目指していた同期の作家は、本が売れに売れてたくさんの印税をもらい、親をヨーロッパ旅行に連れて行ったそうだ。うらやむ気持ちを隠し、わたしも成功したいけどいつになったらああなれるんだろう、という不安を見えないようにした。うらやましかったらうらやましいと言っていいし、わたしも成功したいと欲を出してもいいのに、わたしは自分にまで嘘をついた。うらやましくも関心もないふりをしていた時間が問題だった。

深く隠してきた心から生まれた思いのせいで、自分をひどく未熟者のように感じた。知らん顔して嘘をつくせいで、ひっきりなしに萎縮する自分の姿が見えた。小さくなる心を隠すせいで、いざ自分の心の面倒を見ようにも使うことができずにいた。

もっと正直になることにした。うらやましいならうらやましい。不安なら不安だと表現することにした。自分まで偽る感情をつくらない。また心が健康になるように、ゆっくり、しっかり、歩いていくことにした。

これからも歩いていく、ただ自分の時間のために。

13

／

人は憂鬱の理由を知らない

以前、少しのあいだうつ病を患っていたことがある。そのときは、いまほどうつ病というものをおおっぴらに認めてもらえる風潮でもなかった。「誰もが憂鬱だ、楽しいことばかりの人なんていない」「ちょっと憂鬱だからって大騒ぎするな」なんて言われていたころなので、心が痛くてつらいと、あえて誰かに打ち明けることはできなかった。

心の風邪と表現されることもあるけれど、その言葉には共感できない。憂鬱という感情は、風邪のように数日経てばぱっと治るようなものではないからだ。風邪のように誰でもかかる可能性があるけれど、簡単に患って簡単に治るものではなかった。うつ病で苦しむ人々の多くがそうであるように、わたしも睡眠障害に見舞われた。一日で寝る時間がいちばん大好きだったのに、目を閉じていることすら一時間もできないまま毎日を過ごさなくてはいけなかった。症状は単なる不眠症にとどまらず、病院でむずむず脚症候群〔レストレスレッグス症候群や下肢静止不能症候群とも呼ばれる〕という病名を告げられた。寝ようと横になった瞬間から日が昇るまで、脚に数万匹の虫が這い回っているような感覚がはっきりあって、眠りにつくことができない。ウエイトトレーニングもヨガもして、うとうとしても昼寝は絶対にせず、夜まで我慢に我慢を重ねて横になっても、それでも眠れなかった。

まわりに頼らないようにしなくては、と学んだのもそのころだ。眠れないわたしの顔を見てどうしたのか訊ねてくるので状況を話すと、返ってくる答えは似たり寄ったりだった。

「ご両親が出してくれた学費で学校に通ってるし、扶養しなきゃいけない家族がいるわけでもない、育てなきゃいけない子どもがいるわけでもないのに、何がつらいんだ?」

わけのわからない憂鬱にじたばたともがき、眠れず、しきりにつらがっている原因を言えと言われた。腹痛患者に昨日食べたものは何かと訊けば、賞味期限切れのヨーグルトのせいかもしれないと答えるように、簡単には探し出せない。それでも探してみろと言われた。あれこれとあふれてくる考えが凝固して襲いかかってくる瞬間に流れる涙は、他人には理解してもらえなかった。どうして泣くんだと訊かれても、何か答えることはもうできなかった。突然ひどく寂しくなるせいで出る涙だった。人はあきれたように、なぜこんなにしょっちゅう泣くのか、もっとつらいことはどう耐えるつもりなんだと、傷つく言葉を気軽に投げつけてきた。

当時のわたしが望んでいたのは、大げさな慰めではなかった。それはつらかったね、と言って背中をやさしくトントンしてくれるとか、ぎゅっと抱きしめてくれるとか、応援してくれるとかでもなかった。未来のいつか、また以前のように心が健康になるだろうから、しばらくただ見守っていてほしかった。たったそれだけのことなのに、それすら誰にも望めなかった。

痛い箇所が目に見える場所ではないせいで、むしろ非難されがちだった。心が弱い、精神力が弱いといった言葉にいろいろ言い返したくても、ただただ口をつぐんでいた。胃の調子が悪いように、体力が弱るように、しばらくのあいだ心という場所の調子が悪くなったのだ。この単純な事実に簡単にうなずいてくれる人は何人もいなかった。だしぬけに映画のようなことが起こって、うつ病がよくなることはなかった。時間と仲良く過ごす方法を知り、人に寄りかかることのくだらなさを学び、自分以外の誰も自分を癒やすことはできないと悟った。そして、何があっても自分という存在はとても美しいと感じたある日、わたしは自然と元気になった。

誰にでもわけのわからない憂鬱な日が訪れたり、そんな日が続く瞬間が訪れたりする。実に残念なことに、友人だと信じていた人や、たった一人の家族に理解してもらえない場合もある。へたりこんでわんわん泣いても大丈夫だ。一日くらい、自分がだめになったに違いないと思って心ゆくまで泣いて過ごしてもいい。それでも忘れてはいけない。あなたという唯一の存在の美しさを。

しばらくあざだらけだった心が治ってきたから、わたしは書く。小さかろうが巨大だろうが、心のどこかに生じたあざのせいで一人で病んでいるだろうあなたに、慰めになればと思う。大丈夫じゃない日にも、大丈夫なふりで無理やり笑わなくてはいけ

01

今日も一日、
よく耐え抜いたきみへ。

ないあなたに伝えたい。あなたはいつか元気になる、その日がくると信じている。だから、あまり長く立ち止まらないでほしい。心にまるで生気がなく、灰色でどんよりしていても、ふたたびふわふわに柔らかくなる日がくると思って応援している。

わたしという存在が
唯一だということを感じられたその日、
自然と元気になった。

14／おいしいものを一緒に食べるべき理由

わたしにはこの世でもっとも素敵な人だと思う人が二人いて、一人は母、もう一人は妹だ。だいぶ年の離れたかわいい妹がいる。時が流れておばあちゃんになってもいちばん大好きで、愛おしい存在だろう。

妹と週に一度デートをしている。デートという言葉を借りてはいるが、何かたいそうなことをするわけではない。一年中「ダイエットする」という言葉を掲げて暮らし、日々、人の顔色をうかがいながら山ほど食べているわたしたちが、合法的に堂々と食べまくる日だ。トッポギを食べに行ったり、タッパル〔鶏足の激辛炒め〕を食べたり、ユッケを食べに行く日もあれば、フォーのためにわざわざ遠くまで足を運んだりもする。カルビみたいに、わたしたちなりにスペシャルなメニューの日には、わたしの恋人を呼んで三人でこぢんまりと楽しいパーティーをする。

妹はその晩餐のために運動を一週間おろそかにしない。夜明けに宅配で届く青汁を飲み、ジムに行って有酸素運動やウエイトトレーニングを欠かさないのだけれど、それはすべておいしいものを食べるためだ。

辛いタッパルを食べる。ふうふう言いながら辛さで出る小鼻の汗を拭き、口のまわりが赤くなるまで食べる。小さなおにぎりを甘辛でしょっぱいタッパルの汁にちょんちょんとつけて食べたり、もみのりとあえて食べたりもする。口がちょっとひりひりすると思ったら、なめらかな卵蒸しをスプーンでひとさじすくって食べる。炭酸がぽんぽんはじけるサイダーを流し込み、口の中がちょっとおさまるのを感じたら、また辛いタッパルを食べはじめる。

全部食べてしまうと、辛いもののあとだから甘いデザートを食べに出動する。チュロスとアイスクリームを売る店に向かう。砂糖をぱらぱらと振った揚げたてのチュロスと、コーンに載ったアイスクリームを両手で持って、二次会がスタートする。ひと口かぶりつくたびに、ぱらぱら落ちる砂糖もおかまいなしに食べる。アイスクリームをつけて食べたり、口いっぱいにほおばったりもする。これおいしすぎない？とちょっと大げさに足を踏み鳴らしながら食べる妹を見て、選んだメニューに満足感を覚える。辛くてしょっぱいもののあとに続く甘いデザートは、セットとして完璧だ。

おいしいものを食べることは大きな気晴らしになる。辛くてしょっぱいものを食べたあとに甘いデザートを食べたり、ひんやりした冷麺を食べてから温かいホットチョコレートを飲んだりもする。甘いものを食べたら塩辛いものが、塩辛いものを食べたら甘いものが食べたくなる、略して「甘辛甘辛」と表される言葉の意味のような、甘いものと塩辛いもののバランスや、冷たいものと熱いもののマッチングに小さな幸せを感じる。

何もかもやめてしまいたいほど手に負えない瞬間がある。過去をしょっちゅう振り返ってしまって、後悔したり考えてしまうわびしい時間もある。それでも生きるに値する理由があるとすれば、愛する人と共に食べるおいしいご飯だ。温かなものを一度食べるだけで冷たく縮こまった心が柔らかくほぐれたりもする。食卓に向かい合って座り、好きな人の目を見つめながら一緒に食べる炊き立てのご飯ひとさじ〔韓国ではご飯はスプーンで食べる〕にまた、生きていく力をもらう。

01

今日も一日、
よく耐え抜いたきみへ。

わたしにも妹にも、この先越えるべき山は多い。間違いなくわたしたちはしんどくなるだろうし、幾度となく倒れるかもしれない。わたしがつんのめってけがをしたら、妹がしゃがみこんで軟膏を塗ってくれるだろうし、彼女がしんどいならわたしがおんぶして、ゆっくりとでも一緒に歩いていくだろう。これまでそうだったように、ギシギシきしんだりふらふらしたりするだろうけれど、へたりこみはしないだろう。一緒に食事をしさえすれば、しんどさをパタパタと払い落として立ち上がると知っている。あえてしんどさを表現しなくても、一緒にしっかり食べることで元気になれる、そんな家族がいるから。

感謝と幸せをひと握り伝えてみる。

今日のあちこちに隠れている小さな喜びから
幸せを感じて。
明日のあちこちに隠れている小さな喜びから
幸せを探して。

15／わたしたちが望む慰め方

どんなかたちであれ、慰めが柔らかく温かなことに変わりはないけれど、中でもいちばん嬉しいのは、きちんと聞いてくれることだと思う。静かに聞くという行為ならではの気楽さと安定感を覚える。「こんな目に遭った、こんな気持ちだった、いまはこう思ってる」。誰にでも言えるようなことではなかったけれど、勇気を出して切り出した話、それを黙って聞いてくれる姿がとても好きだ。

慰めという単語について考えるとき、大げさなものを思い浮かべる人が多い。素敵な言葉をかけないといけないとか、自分が過去に経験した似たような事例を話すとか、一度は負けてもいいんだなんて大人っぽい助言をしなくては、と判断する場合もある。でも、どんな話やアドバイスも、本当につらい人の耳には入らない。ともすれば、慰めのつもりで話した経験談が、聞く人にとってはバカにしているような意味に変わったりもする。

たとえば、勇気を出して友人に悩みを打ち明けたとする。

「いま勤めている会社とは合わない気がする」

言った人はとても長いあいだ胸を痛めていて、やっとのことで切り出した言葉だ。

そんな友人に、慰めの意味でこう返す人がいる。

「おいおい、それでもおまえの会社は残業手当も出るし、チーム長は性格もいいじゃないか。俺を見ろ。うちは残業手当もないし、チーム長の性格は最悪だし、ひどいもんだよ」

もし、自分の置かれている状況がつらくなかったなら、かけられた言葉がどんな意図の慰めなのか把握できる。でも、心が重苦しいときに聞いたら、悩みをバカにされているように感じるかもしれない。もっと大変な人もいるから挫折しないで、おまえはましなほうだからあまり不安になるな、とよい意味で発した言葉だ。残念なことに、苦しんでいる人には、「おまえはわたしに比べたらつらくないほうなんだから悩む必要もない」という誤った意味で伝わったりもする。

つらさを簡単に打ち明ける人はそうそういない。「最近ちょっとつらいんだよね」と言うと、まわりが一斉に、自分のもっとつらかった経験を話してきたり、テレビで見た極限の苦痛を受けている人の話をもちだしてきたりする。まわりに人はいるけれど、聞いてくれる人はいない。

「つらい」。この言葉は決して、「わたしはこの世でいちばんつらくて、味わっている苦痛は誰よりも大きいから、みんなわたしのこと気の毒だと思って慰めて」という意味ではない。「最近ちょっとつらいことがあったんだけど、話を聞いてくれる？　一度洗いざらい話してしまえば、もう一度歩き出せると思うんだ」という意味しかない。そんなにつらくもない問題を大げさに言っているのではない。躊躇したのちに打ち明けてみた「最近ちょっとつらい」というひと言は、とても大きな勇気だろう。特別な慰労や話をしなくてもいい。しばらくそばにいて話を聞いてあげるだけでも、十分に癒やしてあげられる。

誰にも話せなくて、一人でぎゅうぎゅう押し込めているつらさがある。打ち明け方を知らないからでもないし、まわりに人がいないわけでもない。ただ、黙って聞いてくれる人がいないから、しかたなく抱え込むことになる。心細い、つらい、怖いといった感情を、あれやこれや判断し、おまえはその程度で弱気になってはだめだとか、とやかく言う資格は誰にもない。相手の感情そのものに共感して、ただ聞いてあげるだけでいい。

沸き起こる感情を一人で我慢する方法ばかりを学んで、心を簡単に打ち明けられない今日のあなたに言ってあげたい。
今日も一日、耐え抜いてくれてありがとう。

今日も一日、よく耐え抜いてくれてありがとう。
今日も一日、よく耐え抜いてくれてありがとうございます。

16／昨日の夢に挫折しないこと

「先生の夢はなんでしたか？」
九歳の生徒が訊いてきた。すぐさま答えることができなくて、「いっぱいありましたよ」とうやむやにはぐらかした。すぐ答えられなかったのは、夢という単語に伴う重みのためか、現在形ではなく、「なんでしたか」という過去形だったせいかはわからない。もみじのようなかわいらしい手で文字を書く子どもの頭をなでながら、あれこれ思いが浮かぶのを押しとどめた。

わたしの夢は作家になることだった。文字たちが集まって一編の文章になる、その瞬間がいつも幸せだった。頭の中でだけ描いていた場面を書き起こすと、文章を読んでいる人たちにもその場面が共有される、そんな瞬間すべてが楽しかった。白い紙の上に黒い色の活字が集まっている本という空間に、自分の思いが収録されることが夢だった。わたしの名前で本が二冊出版された。ひょっとしたら夢を叶えたも同然なのに、どうしていいかげんに答えることができなかったんだろう。

家に帰ってノートパソコンの電源だけ入れ、何も書けないまま黙って考えていた。ここのところしょっちゅう無気力になって、新刊の原稿執筆のスピードも上がらない自分を思い返した。わたしは不安がっていた。本に対する心配と作家生活に対する不安であり、「書いたものが愛されなかったらどうしよう」という焦燥感でもあった。以前は作家になりたいという夢を追いかけていたので、どの瞬間も幸せな気持ちで仕事をしていた。最近は変わりつつあった。原稿に書く文字ひとつ、単語ひとつに慎重になっていた。

出版社の代表が冗談まじりの口調で気安く言った、「この本をヒットさせて出版社のビルを建てましょう」というふざけた応援も、母の「今度の本が売れてユウンが作家としてちょっと安定したら嬉しい」という愛情のにじんだ言葉も、消化しきれずにそのまま胸につっかえていた。どんな言葉もすべて負担として背負い込んでいる愚かな自分がいた。

待ち焦がれていた映画の公開前はものすごくわくわくしていても、いざ見てしまうとなんだか名残惜しくもあり、どこか寂しく感じたりもする。いまは間違いなくそんな気持ちだ。夢を叶えたというよりは、夢のひとつを使い果たしたような感じ。以前書き留めた夢だけを見続けて、「どうしてこうなったんだろう」と自分自身を萎縮させていた。ここまで歩いてきて自分の姿が思っていたのとは違うなら、また新しく夢を見てもいいのに、いつしか諦めようとしていた。

夢に過去形の述語は似合わない。現在形の時制がふさわしい。過去にばかりとどまっていた夢をあとにして、現在時制の夢を新たにつくった。少しばかり壮大で、人に話すのが恥ずかしくても関係ない。明日を進むために必要な原動力のひとつになってくれるだろう。わたしはわたしの夢も、そしてあなたの夢も、すべて叶うと信じている。

それがどんな夢でも。

17／他人の言葉に傷ついたなら

一編を書くのに二十回以上書き直したかと思うとすべて削除し、また書き直すことを繰り返した。こんな内容を書かなくちゃ、こんな文章を書かなくては、と頭の中では思いつくのに、いざ文字にしようとすると、ウッと詰まってしまう日が続いた。ノートに鉛筆で草稿を作成してからノートパソコンで書いてみても、よくならなかった。未完成の原稿を片づけるフォルダに増えていく文章を眺めて、イライラしはじめた。原稿は書き上げたのかと誰かに訊かれたら鋭く言い返したいぐらいに、感情がめちゃくちゃだった。あせりが頭の中に入ってきてあちこち走り回るせいで、心が泥水になってしまっていた。心が乱れて、心配しすぎて寝つけず、書くことにも集中できない日が続いた。

愛犬のクリームもいる部屋の中で癇癪《かんしゃく》を起こすわけにもいかず、ベッドに突っ伏したまま一人で鬱々としていたときだ。掛け布団がごそごそいったかと思うと、いつの間にかクリームがわたしの顔の横に自分の顔を寄せて伏せをしていた。こちらをじっと見て頬を舐めてくれた小さな犬から体温が伝わってきた。大丈夫だよ、と言おうとしているみたいに肩に寄りかかるクリームを、ぎゅっと抱き寄せた。

まわりの人たちが心配して投げてくれた言葉が、実際は石つぶてのようだった。真意がどんなに違うとしても、受け取るわたしが不快で傷つくなら、それはなんの助けにもならない。わたしの進むスピードを心配してくれなくてもいいし、進む道の距離を気づかってくれる必要もない。わたしが立っている道の安全性を測定してくれなくてもいい。石投げをされているみたいに、あちこちから飛んでくる石に何度も当たっているうちに、いつしか不安がもぞもぞと大きくなって、今日のめちゃくちゃな心になった。大丈夫とかどうってことないとごまかさずに、いまわたしは腹が立っていると認めた。すぐにでもバンッとはじけてしまいそうな、癇癪でいっぱいになった心をなだめなくてはいけなかった。

一日をヒーリングデイと決め、クリームとわたしだけでささやかなイベントをした。

クリームが好きなおやつを特別にたっぷりあげた。わたしには苦いコーヒーではなく甘ったるいチョコレートミルク、それからチーズのたっぷり入ったパンをひとつプレゼントした。実は大丈夫じゃないんだと、正直に表現した。腹が立った、気分を害したと認めたとたん、不思議なことに気持ちが落ち着いたようだった。

結婚はいつするの、結婚もいいものよ。作家の誰それさんの本は一万部ぐらい売れたそうだけど、きみが前回出した本は売れたのかい。次の本はどのくらい進んでるの、あの作家は七月に出すらしいよ。不安定な物書きじゃなくて、いっそ学校に戻って学位を取る考えはないの。家族でも友人でもない、たまたま知り合っただけの人たちが言い散らかした言葉を整理した。助けになる言葉は思った以上になくて、ほとんどが捨てるべき言葉だった。捨てるにふさわしい言葉たちをふるい落としてから向き合った紙は、ふたたびわたしにとって幸せであり大切なものになった。

誰かにとって不快で気まずい話をわざわざ切り出すべきではない。不安から雲隠れさせている痛いところを、まるでつねるみたいに暴露する必要はない。本当に心配ならむしろ、最近きちんと食べてるの、というひと言のほうがずっと価値をもって相手に届くだろう。

すべての言葉を心にとどめておく必要はない。捨てるべき言葉たちのためにうんうん苦しんでいるのなら、ためらわずにゴミ箱に捨てていい。自分を苦しめる言葉をため込んでおくには、やるべきことも喜ぶべきことも多すぎる。誰かの言葉にふらつかず、いつものように、また歩いていけばいい。

黙々と。

他の誰でもない、自分に正直に表現した。
腹が立ったと、わたしは大丈夫じゃないと、気分を害したと。
心が落ち着いたようだった。

18
わたしたちが地下鉄を待てる理由

きちんと歩いていても、ふと無気力に襲われる。人生に正解はないと言うけれど、自分だけの目標はつねにあるものだ。幼いころみんなの前で発表した「大統領になる、科学者になる」のような将来の希望ではない。誰かにとって目標は、自分の家をもつことかもしれないし、今年中に恋愛することや就職すること、資格の取得かもしれない。各自の目標に合った方向へ歩くことになる。そっちのほうへ行ったらつらいかもしれないという心配を置いて出発したり、うまくやり遂げられるよという応援に助けられてはじめたりもする。

それでも、「あれ、これは合っているんだろうか」という考えに見舞われるのはどうしようもない。わたしもそうだった。やってきたことをすべて店じまいして書くことにした。意気揚々とスタートしたときの誓いとは裏腹に、最初のエッセイで挫折させられた。出版社は印刷ミスした本をもってきた。印刷前に確認していた原稿とは違い、挿し絵がなくなって文字がいくつも抜け落ちていても、出版社からの回答は、「別に目立たないからいいじゃないか」というものだった。

作家という職業に就こうとしているわたしを憂慮していた親にも、いつも応援してくれている友達にも恥ずかしかった。うまくやれるに違いないと自分を信じて歩いてきた道だ。印刷が失敗した本を見ても、これほど未熟な仕事をする出版社を選んだ自分の愚かさのせいだ、としか言えなかった。行き先を間違えていたみたいだ。最初まで戻るべきなのか、次のためにふたたび進むべきなのか、しばらく迷っていた。無気力が訪れ、泣く日々がしばらく続いた。

それでも、自分が選んだ方向へもう一度がんばって進むことにした。書くのが怖くなるほどつらかったけれど、それでも時間は流れるものだ。執筆依頼のあった出版社とのミーティングは断らなかったし、わたしの書く文章の癖を把握してくれる会社を見つけることにした。最初の本を出した出版社みたいに無責任な会社を避けるべく、全神経をとがらせた。

そうこうしているうちに、わたしの書くものを大切にしてくれる出版社と出会った。ためらうことなく出版契約を交わし、ふたたび文章を愛せるようになるきっかけとなる二冊めが出た。その本がまさに『別れを告げる方法』(이별을 통보하는 법、未邦訳)だ。カバーのイラストを描いてもらうイラストレーターとの交渉から、見返しやしおりなどのデザイン、収録される挿し絵のイメージまで、わたしの文章と調和するようにと出版社の社員たちが打ち合わせをし、努力してつくりあげた本だ。発売して三日もしないうちにありがたくもベストセラーランキングに入ったとき、とにかくいろいろな感情がごちゃ混ぜになった。わたしの書いたものを大切にしてくれる読者にも、感謝してもしきれなかった。契約時の約束どおり、ミスなく素敵な本をつくりあげてくれた出版社にも感謝した。つらくなるたびに応援してくれた人たちにも。そしてへたりこむことなく歩いてきたわたし自身にも。

目標を掲げて前進すると苦しい瞬間も多い。目標自体が自分を萎縮させるような気もするし、締めつけられている気分にもなる。きちんとやれているのか怖かったり、このくらいで辞めるべきか悩んだりしたら、しばらく休んでから進んでもいい。そんな考えが浮かぶということは、きちんと進んでいるということだから、絶望しなくていい。

電車が到着したというアナウンスを聞いて走り降りたものの、ちょうどドアが閉まってしまった地下鉄みたいに、無頓着にわたしを通り過ぎても、ちょっと待てばまたやってくる。静かで寂しいいまは、立ち止まるべきときではなく、ちょっと待つべきときなのだ。

ちょうどドアが閉まってしまった地下鉄みたいに
無頓着にわたしを通り過ぎても、
ちょっと待てばまたやってくる。

19

／

お母さん、わたしは元気だよ。

むなしい。ふと訪れた感情だった。どうして今日という日がむなしく思えるのかわからない。寝坊をしてもいないし、出勤も定時に間に合った。繰り越した仕事もなかったし、全部ミスなく終えて帰ってきた。それなのに、胸にぽっかり穴が空いているように感じた。携帯電話には不要なメッセージしか来ず、何気なく見たＳＮＳは、わたし以外の全員が楽しく明るい話題でいっぱいだった。

「一生懸命」という単語をむやみにくっつけたらだめだとわかっているけれど、わたしは今日、一生懸命生きた。夜明けには起きて出勤の準備をし、遅れないように人でいっぱいの地下鉄に体をぎゅっと押し込み、疲れきった気配をがんばって隠しながら仕事もきちんと終えた。明らかに怠けないで一日過ごしたのに。沸きあがる寂しさの理由がわからなかった。

無駄に携帯電話をいじくりまわして、写真フォルダを開いてみた。スクロールして以前撮った写真を見ていると、母の写真があった。カメラを見てかわいく笑っている母は相変わらずとてもきれいで、わたしのように誰かの娘だった彼女が、いつしか母という名前で年をとっている、そんな姿が美しかった。その写真をしばらくじっと見ていた。いまでも色鮮やかな服を見ると、絶対似合うと思うからと濁りのない笑みでプレゼントしてくれる。ちょっと家に立ち寄るとでも言おうものなら、わたしが子どものころに好きだったパンを手ずからつくって待っているような母に、無性に会いたくなった。

母は、わたしの姿がどうなろうと、ありのままをつねに応援し、支持してくれるただ一人の人だ。生きていてつまずいたときは、そのままのわたしを抱きしめて慰めてくれる。うまくやりきることができなければ、その至らなささえもよくやったと両腕を広げて励ましてくれる。わたしが切々と訴えるちょっとした困難を、心の底から心配してくれると知っている。わたしの声が風邪っぽく聞こえると、電話の向こうでわたし以上につらそうな母の気持ちを感じていた。今日つらかったんだ、と息を吐くように簡単に言うことはできなかった。わたしのひと言のせいで、母の一日が丸ごと心配で覆われてしまうとわかっていた。孤独も、むなしさも、いまや母にばれずに生き抜くやり方を知らなくてはいけなかった。悲しみは笑い声の後ろに隠しておかなければならず、つらさは面白い話のひとつに閉じ込めておかなければならなかった。

母もこんな大変な思いをしながら大人になったんだろうな、と思った。きれいに微笑むまなざしの下に刻まれた目元のしわは、時間が流れたからというだけでできたのではない。いつもたくましく見える母の胸も、最初は誰よりも華奢だったに違いないと、もう知っている。子どものために自分自身をより強くした母の努力を感じた。母という立場で、つらい瞬間を耐えながら家族のために生きていたのだ。いつも愛し慈しんでくれる気持ちが、少しだけわかるような気がした。

メッセージを一通送った。コンビニで買ってきたサンドイッチと牛乳で夕食をすませていたけれど、母には言わなかった。

「夕食はきちんと食べたよ、お母さん」

メッセージを送ってまもなく、文章入力に不慣れな母から返事が届いた。

「わかめスープ*は飲んだの？」

ぶわっと涙があふれた。メッセージウインドウをしばらく眺めていた。今日はわたしの誕生日だ。母がわたしをこの世に送り出してくれた日だ。水びたしになった声がもとどおりになるまで待ってから、母に電話をかけよう。最近、わたしが疲れきっているようだと心配してばかりの母に、絶対言ってあげなくちゃ。

心配しないでと。わたしは元気だと。

そして、母のことが大好きだと。

「お母さん、わたしは元気だよ」

「心配しないでね」

＊ 韓国では誕生日にわかめスープを食べる習慣がある。子は自分を産んでくれた母親に感謝し、母親は子を産んだ喜びを思い出してその成長を祈るという意味が込められている。

20／歩くときは顔を上げてなくちゃ

道を歩くときは前を向いて歩きなさいと母が言っていたけれど、しょっちゅう、うつむいてしまう。つま先を見て歩くと落ち着く。空も見上げて、まわりも見て、そうやって歩かなければいけないというのに。いまでもわたしは自分の足元ばかり見ている。空がどんなに高いか、まわりがどんな様子か眺めることができないのは、勇気が出ないからなのか、余裕がないのか、理由をひとつだけ選ぶことはできない。

ため息をつかずに笑顔で過ごせと言われたけれど、笑ってみたのがいつだったのかもよくわからない。ため息は自分でも気づかないうちにしきりに漏れる。きちんと進んでいるのか、顔を上げて見てみないといけないのに、どこまで来たのか確認してみないといけないのに。わたしは本当に怖くてしかたなかった。

母が言っていたのに。顔を上げてなきゃいけないと。地面ばかり見て進むことはできないと。

21／きちんとうまくやれてるよ

きちんと進んでいるから、うつむくことはない。
縮こまった心に巻き添えを食った足元ばかり見て歩かないで。
顔を上げて空もちょっと眺めて
まわりの様子も見て
休みたいなら休んで
そうやって進めばいい。

「うまくやれてるから、しょげることはない」

22／わたしのいちばん幼い先生

作文講座の受講生に未来の作家さんがいる。本を読むのが好きで、母親のすすめで授業を聞きにきたという小学一年生の男子生徒だ。授業のたびにアーモンドチョコをもってきてはみんなに配るのが好きな彼。もしかしたらペンをもってこない受講生がいるかもしれないと、いつも六角鉛筆を五本持ってくる親切でかわいい子だ。

授業のはじめに、この一週間元気だったかと訊くことがある。会社勤めで今週も無我夢中だったと話す大人たちの中で、彼は毎週違う話をしてくれる。一度などはサッカーで転んだせいで体のあちこちが痛いと言って、膝にできた傷を立ち上がって見せてくれた。またある日は体験学習で行ってきた遊園地での話を聞かせてくれた。彼は八歳なので、罫線ノートではなく、一行が十の正方形でできた方眼ノートに文章を書く。毎週一編書いてくる課題があるのだが、くねくねした文字で方眼の外に文字が飛び出さないように書いてくる話がとにかく愛らしい。彼の書くジャンルはさまざまだ。兄とけんかをしたので憎いと書いてきたり、勉強したくないのにやたら勉強しろと言う父親に言いたいことを書いてきたりもした。とにかくたくさん書いて見せてくれたのだが、とくに印象深かったものがある。

せきにんかんは、ゆう気をもってど力しつづけるという気もちだ。やめたくなっても、なげ出さないでゆう気を出すということだ。できると何回も考えながらさいごまでやることだ。ぼくはせきにんかんがつよい。せがひくくて走るのもおそいので、サッカーをやめたくなるときがあっても、せきにんをかんじてれんしゅうをする。ど力をつづければ、ぼくも走るのがはやくなって、サッカーももっとうまくなるだろう。せきにんかんはぼくをどんどんよくしてくれるだろう。

まだ幼いのに責任感について考えたことも素晴らしいけれど、わたしに大きく響いたのは、「勇気をもって努力し続けるという気持ち」と説明したくだりだった。責任感とは何かと問われたら、わたしならきっと「何かを引き受けて最後までやり遂げなくてはならない義務」と説明していただろう。仮に嫌になっても、責任感で続けなくてはいけないこと、ぐらいに考えていた。幼い作家の朗読した文章が頭の中でしきりにぐるぐる回った。自分の人生に責任をもって生きるという過程において、責任という文字は手に負えないと思っていたようだ。

数年後の自分がどんな姿か、誰か教えてくれたらいいのにとよく考えていた。こんな決断をしてもいいのか、やめるべきなのか、いつも迷っていた。選択はすべて自分の責任になるという負担を感じるせいだった。負担や重さ程度に感じていた責任感の定義より、小さな受講生が教えてくれた定義のほうが正しい。すべての歩みに責任を感じて進むということは、その一歩一歩は怖くても勇気をもって進むということだった。最初からうまくはいかないのだから、わたしはわたし自身を信じて、努力していまを過ごす、それが本当の責任感のある姿勢だった。わたしは責任感の正しい意味をまるで知らずに過ごしていた。

最後の授業の日、彼はもみじのようなかわいらしい手で、一生懸命に書いた手紙をもってきた。

四しゅう間、ぼくの先生になってくださってありがとうございます。先生がわらうのを見ると、ぼくはマンゴージュースをのんだみたいにうれしいです。ぼくをそだてくださってありがとうございます。先生といっしょに作文を書くと、先生にチョコレートをあげたいきもちに何回もなります。ありがとうございました。

文章の書き方をわたしが教えるためにはじめた講座だったはずなのに、実際は学ぶことのほうが多かった。よいならよいと隠すことなく表現する明るくさっぱりしたところを、計算せずにまずしてあげようとする思いやりを、自分の好きなことを分かち合う喜びを教えてくれた。わたしのいちばん幼い弟子であり先生、彼のことはずっとずっと忘れないだろう。

よいならよいと隠すことなく表現する
明るくさっぱりしたところを、
計算せずにまずしてあげようとする思いやりを、
自分の好きなことを分かち合う喜びを。

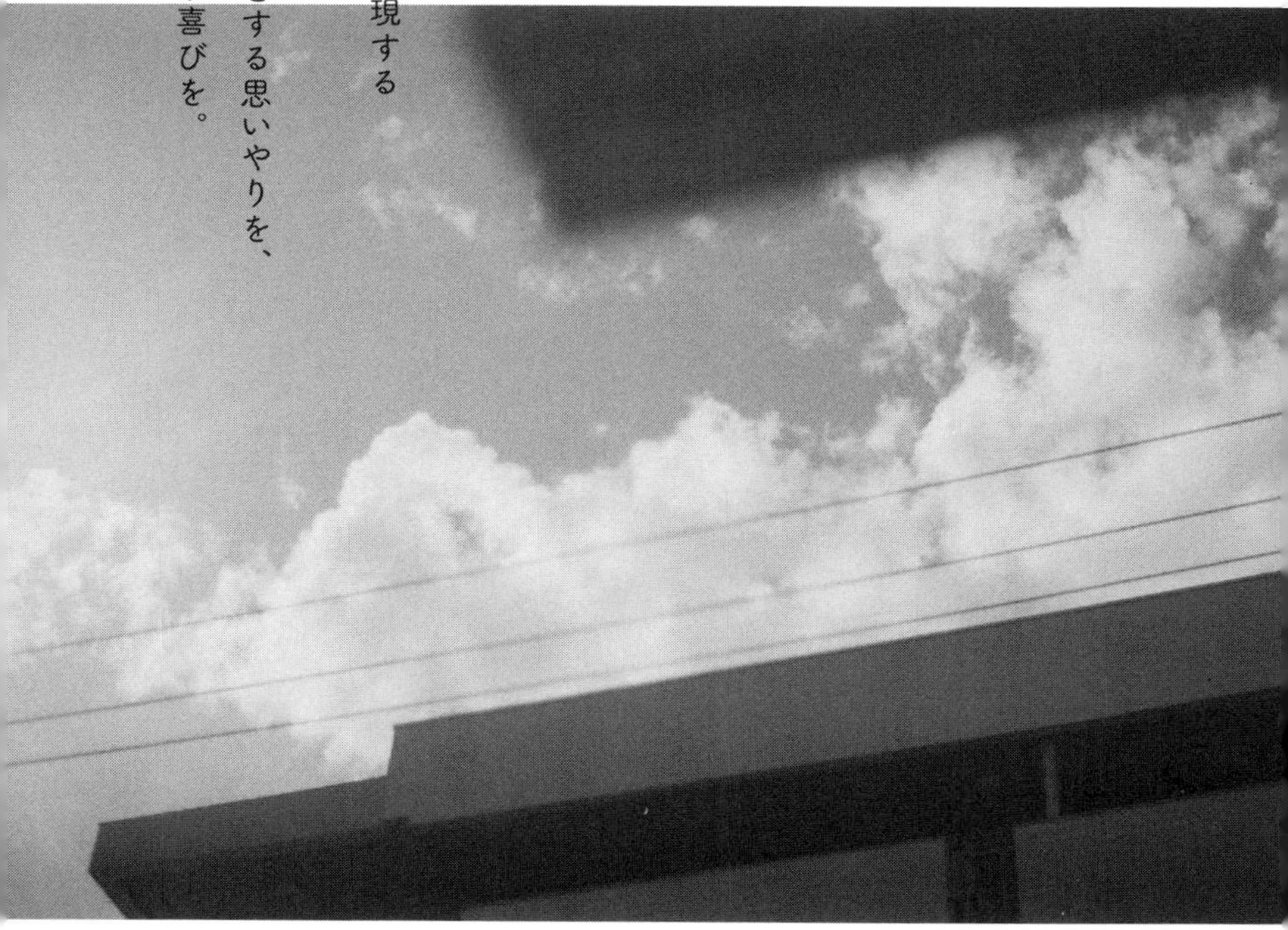

＃02

いつか懐かしく思い出す
今日だから。

——日常の小さな幸せを見つけたとき

期待していなかったからこそプレゼントのように訪れた、
いまいちだ、そう言ってやり過ごすには
きらきらと輝くわたしの今日だから。

23／いつか懐かしく思い出す今日だから

短い春が過ぎゆく前に、妹と実家に行った。忙しいのを言い訳にして帰るのは久しぶりだったが、わたしの部屋は二カ月ぐらい前に見たそのままだった。ほこりの積もっていない机に本棚、ピアノまですべて。食卓にはわたしの好きな卵焼きやカルビチム〔牛肉や豚肉のバラ肉を甘辛く蒸し煮にした料理〕があり、冷蔵庫を開けるとイチゴやアイスクリームといった、わたしと妹がよく食べていたものでいっぱいだった。ひと晩だけ泊まって帰ることにしていた。計算してみたら二十四時間にもならない。わたしたちと過ごす一日を、親がどれほど待っていたかが伝わってきた。

父は優しく表現する方法を知らないので、たくさん食べろというひと言で、会えなかったあいだに感じていた恋しさを伝えてくれた。おかずをわたしの前にさっと寄せてくれるしぐさで愛情を見せてくれた。若いころに趣味でボディビルをしていたけれど、いまはもうかなり痩せている。小さくなった肩や深くなったほうれい線が時の流れを物語っていた。いつもわたしを愛情深く見ている温かなまなざしは変わらない。母は、ばたばたしていて髪を染めるのをうっかり忘れたと恥ずかしがっていた。髪の色がグレーになっても相変わらず少女のようだった。指は節くれだってしまったけれど、手の美しさは変わらない。髪を染めなくてもきれいだと言う父の言葉に、はにかんで笑った。

食事のあと、近くの公園に行って散歩しようと両親を連れ出した。わたしと腕を組む母とは違って、父はすっかり大きくなった娘の手を握るのが気まずいのか、母とわたしの前をおどおど歩いていた。幼いころのように、「お父さん、待って」と呼び止めた。がっしりした父の手を握り、温かな母の手も握った。両親の温かな手を握って進む足取りは、すべてがとても優しかった。

「桜がだいぶ散ってしまったな」

名残惜しそうな父の声が聞こえた。わたしはそれでもきれいだと笑って返した。四人はただ黙って白い花吹雪の降る通りを歩いた。もはや何も言わなくても、つないだ手の温もりだけで互いの大きな愛を感じて、幸せな散歩道だった。

ときどき父から届く、飯をきちんと食べろというメッセージにどんな気持ちが込められているか知っている。予告もなしに届く、母からの荷物に込められた愛情がどんなに大きいかもわかる。会いたいという言葉の代わりに飯をきちんと食べろと書いてくる父のメッセージも、冷凍で届く母の常備菜にぎゅうぎゅう押し込まれた愛しているという気持ちも、すべて感じることができる。

綿菓子みたいな日だった。幼いころ、こんな春の日に親と出かけると綿菓子を買ってもらったものだ。大喜びで手がべたべたになるまで食べていたあの春の日を思い出した、と話した。父は黙って笑みを浮かべ、母も今日は綿菓子売りのおじさんがいなくて残念だと笑った。わたしたちは皆、同じ思い出を取り出して見ていた。髪留めから靴にいたるまで全身キャラクターものを身につけ、綿菓子を手に大喜びの妹とわたしがいた。広い肩に健康な体格をしたかっこいい父が、腕を広げてわたしを抱きあげた。黒髪に白い肌の美しい母が、妹と手をつないで一緒に笑っていた、そんな春の日があった。

02

いつか懐かしく思い出す
今日だから。

写真を撮ろうと携帯電話を取り出した。四人並んでぎゅっとくっつき、液晶画面を見て笑った。今日をうまく閉じ込めた。カシャッという音に合わせてぱっと笑う父と母の微笑みが保存された。

いつか懐かしく思い出す今日だから。
写真をメモと共に保存しておいた。
「２０１９年　ある春の日」

24／明日が楽しみじゃなくても大丈夫

「もはや明日がちっとも楽しみじゃない。もう年かな」
　ご近所さんでもある恋人との夕食中に、ふと出た言葉だった。昨日が今日に、今日が明日になっていくみたいだった。同じような一日がぐるぐる巡る中で、変わるのは日付だけのように感じていた。それが寂しいわけでもなかったし、悪いわけでもなかった。ただ、こうやって過ごしていたら、時間がどう流れたのかもよくわからないまま夏が過ぎ、秋になり、また冬になるんだろうな、と思った。

　明日が楽しみだったときがある。小学生のころのクリスマスイブも楽しみだったし、終業式の前日も、始業式の前日も楽しみだった。制服を着ることになる中学校の入学式前日も、高校の体育大会の前日も、ぴったり二十歳になる前日も。ひょっとしたら明日、わたしに特別なことが起きるかもしれない、とわくわくしたからだ。

02
いつか懐かしく思い出す
今日だから。

いつからだったかはわからないけれど、明日という時間が迫ってきても、わたしの想像する楽しいことはまるでこないと知っていた。あぁ、また一日がはじまるんだなあ、ただそのくらいの感じで今日という時間を過ごすのが当たり前になった。

ご飯を食べ終わって、満腹になったお腹をぽんぽんたたき、恋人と指を絡めて散歩をした。家に帰る前に近所を一周歩くことにした。歩いていてコンビニが見えてくると、彼がちょっと寄っていこうよと言った。そしてわたしの好きなアイスクリームをふたつ買うと、ひとつをわたしの手に持たせてくれた。

「楽しみじゃなくてもいい。楽しいことはこんなふうに、ふとしたときに生まれるんだ」

コーンアイスのてっぺんにくっついたチョコレートが落ちないように、パッケージをそっとはがしながら、にこにこと笑顔があふれてきた。朝早く起きて仕事して執筆する、昨日や今日みたいに同じような毎日の中に、いきなり現れた小さな幸せだった。期待したからって現れるものでも、待っているからって来てくれるものでもないとわかっていながら、せがんでいたのかもしれない。ハムスターの回し車みたいに巡る日々だとしても、ときどきこんなささいな幸せが現れたらすごく嬉しくなる。つまらない一日だったなあと思っていても、誰かの小さな愛情のおかげで大切な日になるかもしれないし、自分で自分にあげるちょっとしたプレゼントのおかげで、ずっと記憶に残る日になるかもしれない。

もし、大きすぎる期待に添うことばかりを探していたら、日常からひょっこり登場するささいな楽しみを見過ごしてしまうかもしれない。明日を楽しみにしないということは、毎日が退屈だという単純に悪い意味ではなかった。近づいてくる小さな喜びをいつだって逃さないための準備でもあった。わたしたちがいまどんな姿であっても、確かなのは、プレゼントみたいに小さな喜びが思っているよりも近くで待ち構えているということだ。

昨日のような今日が明日になって、その時間が集まってできあがる、なによりも大切なわたしの日常だ。めいっぱいドキドキもしてみて、期待しては失望したりもする。淡々とした日常に飽き飽きもし、現実の壁にぶつかって絶望するかもしれない。いざ

02

いつか懐かしく思い出す
今日だから。

過ぎてみたら大丈夫だったと、過ぎた日を労わりもしつつ進む大切な日々。二度とないわたしたちの人生。いまいちだ、そう言ってやり過ごすにはきらきらと輝くあなたの人生だ。

期待していなかったからこそプレゼントのように訪れた輝いているわたしの今日。

25／素敵な旅行

春の天気が魅力的でも、近郊に花見にでも行くとか、春の香りを楽しみに出かけたりはできていなかった。春は来年になればまた訪れるものだし、その翌年にだってやって来るとわかっているのに、この季節だけはひときわ心がむずむずする。遊びにも行ってみたいし、あっという間に過ぎ去ってしまう春の日和を満喫したくなってもいる。ミセモンジ[*1]も出ていないそんな日に、机の横にある窓から外をちらちら見ていた。桜も近所の公園で見ただけだった。こうしていたら、春が過ぎてしまってから「あのとき時間をつくって出かけるんだった」と後悔しそうだった。

クローゼットには、このあいだ恋人がプレゼントしてくれたかわいいワンピースがかかっていた。新品の服があれば、それを着て遊びに出かけたい気持ちが芽生えるのは当然のこと。夕方のスピーチ講座へ向かう前にちょっとだけ空き時間があった。今日は絶対遊びに行こうと言わなければいけないような気がした。恋人はわたしよりずっとずっと忙しい人だけれど、仕事を後回しにしてでも一緒に遊ぼう、というメッセージを慌てて送った。

「夕方のスピーチ講座前に遊びに行こう！　どう？」

彼も待ってましたとばかりに返事をよこした。

「いいね！　どこがいいか調べておくよ」

いきなり決まった春のお出かけに気もそぞろだった。

それは二時間もなかったけれど、過ぎゆく前の春を楽しむには十分だった。プレゼントのワンピースに着替え、久しぶりにアイシャドウやチークをして出かけた。恋人は会社帰りの疲れを隠せてはいなかったけれど、見るからにわくわくしていてごきげんだった。出発する前、彼が予定をざっくり教えてくれた。講座をする場所の近くで

＊1　大気中に浮遊する目に見えないほど微細な粒子状物質。韓国ではＰＭ10が「ミセモンジ」、ＰＭ２・５やＰＭ１は「超ミセモンジ」に分類される。

いい雰囲気のこぢんまりしたカフェに行く。そこでコーヒーを飲んだあと、近所にあるトッポギのおいしいお店に移動してトッポギと天ぷら*2を食べる、それがわたしたちの2019年春のお出かけスケジュールだった。

肌寒いかもしれないと思って持ってきた上着を腕にかけて、二人の指を絡ませて歩いても寒くない天気だった。春のにおいがぷんと漂ってきた。草花の香りや車の排気ガスのにおいに穏やかな春が混じった、独特なにおいだった。カフェに着き、外の席に座った。

「春だ」

向かい合わせで座った恋人のひと言に、わたしも笑ってうなずいた。春だった。一年のはじまりは一月だと言うけれど、不思議なことにわたしは春になってやっと何かをはじめる気分になりがちだ。春から冬まで四季を休まず歩いてきて、ふたたび迎えるこの季節がとても好きだ。寒い冬とひどく暑い夏のあいだで、休止符のようにしばしとどまってくれるこの瞬間が大切だ。

普段はつけないチークやおろしたての服が映える記念写真を一枚撮った。薄紅色に満ちた桜の木の下ではないし、緑の芝生に囲まれてもいないけれど、十分だった。次の春が来るまでの日々を最善を尽くして生きていくであろうわたしに、贈り物のようなひととき。暖かくなってきた春の風に吹かれながら、彼とアイスアメリカーノを飲むだけでも十分だった。このうえなく素敵な春のお出かけだった。そして、ときめきに満ちた新たなスタートだった。何もかもうまくいくという思いを胸に、また歩きだす準備をした。

春に芽吹いた新芽が数年を経て若木になるまでには、長い時間を耐えなければならない。冷たく降りしきる雨にも耐えなければならないし、燃え上がりそうな太陽の暑さも我慢しないといけない。凍りついてしまいそうなほどの寒さも耐え忍んで、やっとまた春が訪れる。着実に前進するための充電はばっちりだ。

何もかもうまくいく。わたしたちが心配し、不安がっているのを滑稽に感じるほど、笑う日のほうが多いだろう。

＊2　野菜や肉、魚に衣をつけて揚げたもの。韓国の一般的な天ぷらは日本のものより衣が厚い。

26／生まれ変わってもお母さんの娘になりたい

母は無名のエッセイストだ。彼女は大学を卒業してから文壇デビューした。小さな文芸誌でデビューした日は涙がでるほど幸せだったそうで、どんなに嬉しかったかがわかる。エッセイストとして生きていく世界は思いのほか厳しかった。専攻とはまるで違う、作家という分野で生きることに疲れたそうだ。母は二十歳のころから付き合っていた父と結婚して、これまでずっと主婦として生きてきた。誰かの妻、誰かの母としてだけ生きてきた母だけど、きっといまでも書きたいのだ。

わたしの新刊が出て、トークイベントを開いたり講演会に出向いたりするとき、母について考えることがある。ハングルにはじまり、言葉に関するすべてを幼いころから母に教わってきた。母という人生を選んだ彼女のおかげで、わたしはこうして夢を叶えることができた。もう書くのも面白くないし、本を読むのも飽きたと母は言う。

そんな言葉とは裏腹に、書斎やリビングのいたるところに読みかけの本が置いてある。本を開くとあちこちに線を引いたり小さなメモを書き残した跡があるし、新刊情報もわたし以上に関心が高い。父と一緒に古本屋に行って絶版本を入手したと大喜びしているのも見た。昨年、父がプレゼントしたノートパソコンには、それまで書いてきた数々の文章が眠っていることも知っている。毎日、日記を書くようにその日のことを記録する様子をときおり横で見ていたこともあった。

これまでは、いちばん好きな作家が誰か聞かれても嘘をついてきた。誰もが知る有名な作家の名前をあげて、その人の文章が好きだと言っていた。正直に言うと、わたしがもっとも敬愛する作家は、世間ではあまり知られていない無名の作家である、わたしの母だ。さっぱりと、かつ柔らかな文章で、温かみのある彼女の文体が好きだ。わたしは読者として、長いあいだ母のファンだった。世間に知られていないたくさんの母の書いたものを読みながら、このうえなく美しい文字たちに囲まれて育ってきた。

幼いころの記憶の中にいる母は、微笑みのひときわ美しい女性だ。幼稚園の帰り道、迎えに来ると腕を広げてわたしを抱きしめてくれた美しい人。家に帰ると、カステラやドーナツといった手づくりおやつが毎日食卓にあがっていた。お菓子を手にちょこちょことリビングに走っていき、母と並んで過ごす午後がなにより好きだった。お菓子のくずがぱらぱらとこぼれても、いっぱい食べなさいとわたしの頭をただなでてくれる母の手が好きだったのかもしれない。部屋に入って宿題をするより、リビングに四角いちゃぶ台を出して、母と向かい合ってやるほうが好きだった。わたしは宿題をし、母は原稿用紙にひたすら何かを書いていた。紙に文字を書くさらさらという音だけが聞こえるその瞬間がとても幸せだった。

リビングの片隅にあるレコードプレーヤーから母の選んだ歌が流れる中、二人並んでソファに座り、本を読んだ夕べはひときわ穏やかだった。わたしは『お日さま　お月さま』などの昔話をよく読み、母は毎回違う本を読んでいた。出かけて友達と遊ぶよりも、母と過ごすそんな時間が好きだった。

母は「母」という職業がなにより大切だと言う。わたしの好きなおかずをよりおいしくつくりたくて研究することも、季節の変わり目ごとにわたしに似合いそうな服を選んでプレゼントすることも、そして、自分の文体に似たわたしの本を日に何度となく読むことも、言い表せないほどたまらない時間なんだと笑みを浮かべる。

こうして文章を書くたびに、母に会いたくなる。またわたしと妹の母として生きられるのなら生まれ変わりたいと言う母が、やるせないほど恋しい。いつも申し訳ないし、まだまだいたらない娘だけれど、母さえかまわないなら、来世も母の娘として生まれたい。

27

そんな時間がまたあると思ってた

日差しの気持ちがいい日は、いたずらに胸の片隅が恋しさでいっぱいになる。週末ともなれば日差しのよく入るリビングに出て、ソファで母と肩を寄せて座ると見逃していたドラマを見る、そんな時間が永遠に続くと思っていた。母が皮をむいてくれるまあるい桃をひと口かじり、今日の晩ご飯は肉が食べたいとねだる、そんな日常が当たり前だと思っていた。

はしりの桃を家の前のスーパーでひと袋買ってきた。母に教わったとおりに皮をむいて窓辺に座り、ひと口食べた。いちばん好きな果物だというのに、不思議なことにちっともおいしくない。

たぶん、わたしはものすごく、あの時間が懐かしいのだろう。

28／わたしは犬のお母さんです

犬を飼って一年が経つ。手のひらほどの大きさだった子犬は、いまやすっかり大きくなり、だいぶ立派になった。乳歯が全部抜けたあとには大きな永久歯が取って代わった。一緒に過ごす毎日が当たり前になってきて、互いの温もりを感じながら眠ることもある。

初めて犬と暮らす前は心配なことがいくつもあった。責任を果たすという一文に込められた重みは相当なものだった。フリーランサーという不安定な仕事をしている状況だし、犬のための定期的な出費もまた多かった。家を長時間空けてもいられないし、犬を飼うために守らないといけない事柄もいろいろあった。それでも勇気を出した自分はよくやったと思う。

犬が来てからいろんなことが変わった。環境が変わったせいでキャンキャン鳴く子犬の面倒を見ないといけなかった。原稿の執筆中もきちんと散歩に行く時間をつくった。おもちゃを前足で転がして一人遊びする姿が愛らしくて、欲しいと思っていた化粧品や服の購入をやめて、犬のおもちゃを注文した。

ひとつの生命を新しい家族として迎え入れて暮らしていくのは、簡単なことではなかった。睡眠時間を諦めないといけないときもあったし、長時間の外出も子犬のためにしなかった。歯が生えはじめると木製の本棚をだいぶかじったし、モールディングの壁紙も食いちぎった。歯の生え変わりの時期は好奇心も旺盛になるので、ちょっとでも目を離すと、どこかに行って噛んでむしって何かやらかすのが日常茶飯事だった。大変じゃなかったと言えば嘘になるけれど、家具や壁紙がだめになったのとは比べものにならないほど幸せだったので、全部平気だった。

愛をあげたくて一緒にいる生命から愛をもらっている。犬がわたしを愛してくれることに特別な理由はない。わたしが「わたし」だからというだけで、朝から晩までわたしだけを愛してくれる。最高級のフードを買ってあげられなくても、高いペット用品で育てなくても、犬は世界一愛らしい笑顔でいつもそばにいてくれる。愛がわたしの中に入ってくる感覚がわかるようになった。一人きりだったからこそ享受できた安らぎが消えた代わりに、目を見さえすれば気持ちがわかる、大切な存在ができた。

いまこの文章を書いている合間も、犬はボールで遊びながら走り回っている。静かな雰囲気でしか書けなかったわたしに生じた、いちばん大きな変化だ。収入が不安定でも、なによりもまず犬のためのフードやトイレシートの買い置きをする。時間に余裕をもってゆっくり原稿を書くのが好きだったわたしは、より効率的な時間の使い方を探している。原稿を書き、スピーチ講座をして、作文の授業をして戻っても、犬を抱っこして散歩に出かける体力づくりをしている。

責任を果たすということは、ずっと一緒にいることだけではなかった。責任をもってひとつの生命を飼い続けるということは、そのくらい強くならないといけないという意味だ。わたしは強くなりつつある。それ以上に大きな愛を教えてもらっている。

愛犬のクリームがどんなにいたずらをしても、わたしがあげられる最善の愛をあげても、クリームからもらう愛のほうが大きくて申し訳ないばかりだ。

かわいいクリームがおばあちゃんになるまで、ずっとずっと愛し愛されながら、温かく暮らしていきたい。

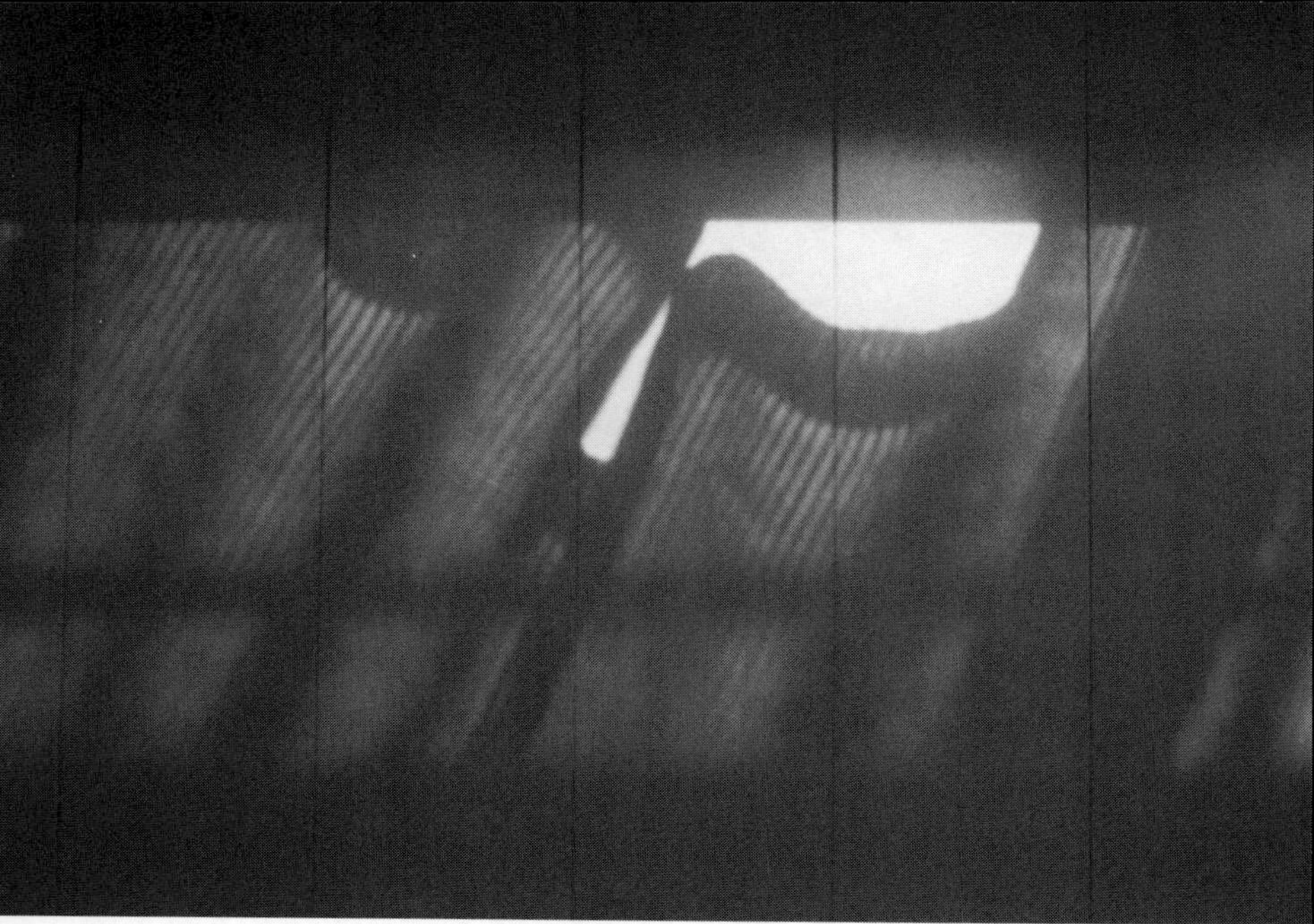

ずっとずっと愛し愛されながら、
温かく暮らしていきたい。

29／速くも遅くもない愛

恋人の、これまで知らなかった新たなポイントをひとつずつ見つけている。付き合いたてのころからトッポギをよく食べたので、わたしと同じぐらいトッポギが好きなんだと思っていた。そう思ってこれまで過ごしてきたのに、ちょっと前に判明した。わたしと付き合うまではトッポギが嫌いだったと告白したのだ。一緒に食べていたらこの食べ物が好きになったんだと、気まずそうに笑った。

毎週末のように彼と素敵なカフェを巡ったものだ。コーヒーが好きなわたしのために、コーヒーのおいしい店を探してくれたり、雰囲気が最高なところを見つけだして一緒に通ったりもした。あっという間に飲み終わっても、しばらくひそひそと会話を楽しんでいた彼を見て、彼もわたしのようにカフェ好きなんだなあと、当然のように思っていた。大きなコーヒーロースターのあるカフェに行った日、彼が言った。

「カフェで長い時間座ってるのは耐えられないでいたんだけど、きみとこうしているとすごく楽しい」

こんな人だ。いつだって愛を告白すると同時に、もっと愛せなくてごめんとひと言付け足すような人。過ごしてきた時間を振り返ってみると、思いきり笑ったのも全部この人のおかげだ。

二人が歩んできた道には、ちょこっと突き出た石も小さな水たまりもなく、いつも平穏でしかなかったから、わたしたちは運のいいカップルだと思っていた。わたしが息を整えるために道端に座るたび、彼が道の先へ走って行き、前もって道を整えておいてくれていたのだ。雨が降っても風が強く吹いても、つねに平坦で歩きやすかったのは、彼のおかげだった。

最近、愛についてよく考える。心に抱かれている愛という感情はどんなかたちなんだろうと悩んでいると、自然と彼が思い浮かぶ。肉を食べに行けばわたしのために肉をすべて小さく切って焼く。ショッピングモールで偶然わたしの好みの服を見ると、わたしに内緒で買ってバッグに入れておいたりする。ラーメンをつくるときは、麺が

＃02

いつか懐かしく思い出す
今日だから。

長いのを好まないわたしのためにハサミで二回切っておく。
今日は何が違うと思う？　とわたしが訊くと、あちこち慌ただしい瞳で昨日とリップスティックの色が違うことを言い当ててくれる。足並みをそろえて進むすべての瞬間に、彼が見せてくれる愛について考える。当たり前のように、互いに差し出す隣の席を、つねに感謝して生きていく。手を差し出したら向き合って握ってくれる、その手の温もりを大切に握りしめる。

ほとんどの人は、恋愛が長引くと愛という感情もまた鈍感になる点を短所として挙げる。その鈍さがつくりだすのは、より丸くきれいな愛のかたちだ。とがっているからこそ不安でハラハラと緊張感のある愛が、長い時間で整えられてまんまるになる。やわらかな愛情のかたちとは、ぎゅっと抱きしめることのできる安定感のあるかたちだ。

付き合いたての日のように、どんな映画が好きかとか、どんな歌を好んで聞くのかとか、知りたいことはなくなった。ひっきりなしに騒いで互いの共通点を探しだしては不思議がって、二人は運命に違いないとうなずき合うときは過ぎた。

二人の好きな歌をかけた車の中で、互いが互いにとって運命だという事実にいまさら驚かない。彼がかける歌の歌詞をわたしもすべて覚えてしまうほど一緒にいたんだと感じつつ、どんな食べ物が好きか訊かずに行きつけの店に向かう。速くも遅くもなく安定感のある鼓動が伝えてくれた。

本当に愛している、と。

30

不思議だけれど、あなたと食べるご飯がいちばんおいしい

化粧っ気のない顔で会っても平気だし、前髪のセットがちょっと変になっても大丈夫。何が好きか、何が嫌いか、何を食べたがるか全部わかるぐらい、わたしたちがわたしたちとして過ごしてかなりの時間が経った。

時間が長いからといって、愛が減っていくわけでは決してない。同じだけ広がって深くなる愛がいい。ビタミンはきちんと摂っているのかと小言を言う愛情もいいし、ときどきあたふたするわたしをとがめながらお世話してくれるのもいい。最初の出会いでは自分をよく見せたくて、緊張でろくに食べられなかったわたしたちが、いまやお腹をぽんぽんたたきながら満腹になるまでおいしく食べているのもいい。

不思議だけれど、あなたと食べるご飯がいちばんおいしい。あなたと歩くのがいち

ばん楽しいし、映画もあなたと見るほうが面白いし、あなたと話すのがなによりわくわくする。

これからもこうして、わたしたちはわたしたちとして生きよう。絶えず優しく目を合わせて、いつ会っても、会いたかったと駆け寄って互いを抱きしめよう。いいことがあった日はおいしいものを一緒に食べて、ある日は急に思い立ったと小さなプレゼントを渡したりして過ごそう。愛しているという言葉は惜しむことなく、今日のように生きていこう。ずっと長く。永遠になるそのときまで。

愛し合おう。

31／柔らかいものが頑丈になるころ

お父さんと夕焼けを見に行くのよ、と母が少女のようにうきうきした声で自慢してきた。彼女にとっていちばんの友人は父で、父にとっても親友は母だ。父が退職してからというもの、二人は春になると梅、桜、クロフネツツジ、バラなど、この世の花という花を見に行っているようだった。花見は小休止なのか、今回は海岸道路をドライブして夕焼けを見に行くという。

母と父は互いに初恋だ。大学の新入生のころから付き合って結婚し、これまでずっと夫婦の縁をつないでいる。外出すればいまも変わらず手をつなぐ、愛らしいカップルだ。二人は本当にお似合いだと思うけれど、ときどき気になっていた。約四十年ものあいだ一緒に過ごしてきて、嫌になったことはただの一度もなかったのか、長い時間、共に生きてきてけんかしたくなったことはなかったのか、訊いてみたことがある。

母はわたしの質問によくよく考えてから、こう答えた。

「嫌になったことはないけれど、憎んだことはあった。憎いってこういうことじゃないかな。二度と会いたくないし顔も見たくないっていうんじゃなくて、こうしてくれたらよかったのに、って物足りなく思うこと」

「お父さんのこと、いつ憎かったの？」

「新婚のころ、お父さんが水を飲まずにコーラを飲んでたの。ちょっと控えてほしかったのに、一日に大きなペットボトル二本ずつ飲むんだよ。あのときは、もし息子だったら一発ひっぱたきたいぐらいだった」

それを聞いて笑ってしまった。父は、母が気管支が弱いからと大学生のころにタバコをやめたそうだ。母と結婚してからは、酒を飲んでいる姿を子どもに見せたくなくて、わたしの生まれたころから酒に口をつけなくなったらしい。タバコも酒もやらず、趣味は読書のみという家庭的な夫だったにもかかわらず、妻である母からしたらそんなところがあったんだなあと思った。体によくない炭酸飲料を飲みすぎて心配だったと訴えていたかと思うと、母が言った。

「だけど、あなたのお父さんみたいに素敵な男性は二人といない。わたしだって憎まれることもしたでしょうに、いつもわたしにかわいいとかありがとうとか言ってくれて、素敵でしょ」

母の言葉がとても愛らしくて、愛されている女性の姿ってこういう感じなんだと思うと、満ち足りた笑みがこぼれた。

恋人との交際について話した日、母は明るく笑って祝ってくれた。その日は母がわたしの部屋に来てくれて、夜遅くまであれこれ話した。父との最初の出会いから、長い恋愛期間中にあった大小のエピソードについて聞かせてくれた。寝そべって話を聞くわたしの髪をなでながら、こう言ってくれた。愛が時につらくても、弱い日があったとしても、壊れることなくしっかり守り通してほしい。

母はわたしと電話をすると最後に必ず、恋人が元気かどうか聞いてくる。元気なのか、ご飯はきちんと食べているのか、食べたがっているものはないのか。わたしは笑って、すごく元気だと、健康でいるし、ご飯もきちんと食べていると伝える。

わたしの恋人も、わたしを憎いと感じるときがあるはずなのに、いつもかわいい、最高だと褒めてくれ、そばにいてくれる頼もしい人だ。母の願いのように、わたしたちは愛をうまく守りつつ生きている。柔らかくすべすべしていた愛が頑丈になってゆく過程の真っ只中だ。幸せな日も、悲しい日も、また腹が立つ日もあるけれど、それでもわたしたちは一緒にいるだろうと信じて生きている。

弱い日があったとしても、壊れることなく
しっかり守り通してほしい。

32

／

ずっと聞いていたい

母方の祖母に会った帰り道、写真フォルダに溜まった祖母の写真をずっと見ていた。彼女は口ぐせのようにもうすぐ死ぬんだと言ったりしていた。その言葉を聞くたび、わたしとデートしながらずっとずっと健康に生きようよと言いつつやり過ごしていた。九十歳になった祖母を前に、もうすぐ死ぬんだという言葉を飲み込むことができなかった。胸の奥にこびりつき、鼻先がじんとするまま、無駄につばばかり飲み込んでいた。

祖母と話をするときは、口のかたちをできるかぎり強調して、大きな声で話さなくてはいけない。老化で聴力がかなり落ちてしまったからだ。白かった彼女の手にはあちこちしみが浮き上がっていた。わたしの手をぎゅっと握ってひたすらなでてくれる温もりを黙って感じていた。愛する祖母の顔に縫いとられている歳月の流れがつくりだした痕跡を眺めた。当たり前だとわかってはいても寂しくて、憂鬱になる気持ちは隠せなかった。

祖母は、一人できちんと歩いてあちこち行けるし、ご飯もおいしく食べられるから、ありがたいし楽しい人生だと言った。小さな子どもになったみたいにたくさん話をしてくれた。歌の教室で最近習った歌をハミングしてくれたり、新しくできた友達がどんな人か教えてくれたりした。毎日どんな運動をしているのか、まるで褒めてもらいたがっている子どものように自慢した。そして、彼女の部屋の写真立てに収まったわたしの写真を眺めるたびに、どんなに会いたかったか、会えないあいだに積もった恋しさをすべて言葉にした。

母方の祖父母が五歳のわたしにつけたあだ名は「ピヨちゃん」だった。ヒヨコみたいにピヨピヨしゃべるからとついたあだ名だ。わたしが遊びに来る日は朝早くから門を開け放し、連れ立っていまかいまかと到着を待っていたそうだ。中庭も通り過ぎて門の前まで出て待っていた二人が、「ピヨちゃん、待ってたよ」と言いながらぎゅっと抱きしめてくれたものだ。

ピヨちゃんだったわたしは、祖母に話をするより聞くほうが好きな孫娘になり、いまや祖母がピヨちゃんだ。祖母はわたしの幼いころみたいに、わたしにピヨピヨと休みなく話した。祖母の話が何度聞いても面白いのは、彼女の声で聞くからだ。祖母の記憶の中で、わたしの幼いころからついこのあいだの姿までが、とても美しく保管されている。自分の成長過程を祖母の声で聞く、それはとても幸せな瞬間だ。

話しながらも祖母は、何時に家に帰らなくちゃいけないのかとわたしに何度も聞いてきた。少しでも長く一緒にいたいと気がせいて、名残惜しがった。そのうちまた都合をつけて必ず来るからと約束し、ぎゅっと抱きしめた。携帯電話を取り出し、並んで写真を撮った。動いている姿も収めたいと短い動画も撮影した。祖母はすっかり年老いた姿をなんで撮るんだと口では言いながらも、カメラに向かって笑みを浮かべてみせた。会いたくなったらそのたびに見るよ、と返してさらに何枚か写真に収めた。

帰らなくてはいけない時間になると、祖母は寂しそうな顔色を隠せなかった。名残惜しいとばかり繰り返した。とにかく健康で、幸せにならなきゃだめだよとわたしに言い含めた。わたしは祖母をぎゅうっと抱きしめ、大好きと言った。

歳月が流れるのは当然のことだけれど、無情だと思う。祖母に会いたくても会えなくなるときが来たらとにかく寂しくなるだろうから、いまは淡々と思い出す練習中だ。彼女と一緒に撮った写真を見ながら、会いたくて寂しくなりすぎないように、強い心で会いたいと思う準備をしている。ずっとずっと、愛する祖母の話を聞きたいと願いながら。

33 ／ わたしがいつも、あなたがいつも。

心の中を見透かすような冷たいまなざしだったかと思うと清々しく笑う、その瞳が少年のように温かかった。初めて会った日、映画館にいるあいだどんなにドキドキしただろう。肩がちょっと触れたり、ポップコーンをこちらに寄せる指先が触れると、そのたびにドキッとする心臓の音が彼に聞こえるのではと心配になったほどだ。

そんな最初の印象のとおり、大人っぽいと同時に少年のような人だ。ずっと先に進んでいても、わたしのために迷うことなく後戻りして一緒に歩いてくれる優しさがある。わたしが倒れそうになると後ろに回り込んで、しっかり立っていられるように支えてくれる頼もしい男《ひと》だ。前に進めなくて座り込んでいたら、前に進んで腕を広げて待っていてくれる優しい人でもあり、誰よりも愛らしい微笑みで毎日「愛してる」と告げてくれる人だ。

まるでずっと前からの知り合いのように相性が合う彼と、共に過ごす時間が積み重なっていく。ある日は頼れるお兄さん、またある日は友人。またある日は恋人になってくれる。いつもわたしのそばにいてくれる愛する人に伝えたい。愛してると。

この先いつか訪れる日も、今日のように愛し合おうと。

あなたのそばにはわたしがいつも、
わたしのそばにはあなたがいつも。

34／今日も幸せだったし、明日も楽しみ。

わたしに親友がいるとすれば、間違いなく恋人だ。性別も、好きだった趣味も違うし、食べ物の好みも違ったけれど、いまや目を見るだけで思っていることをぴったり当てられる大切なベストフレンド。愛する人という存在を超えて、この先も頼って生きていく親友ができたのはとても幸せなことだ。今日とそっくりな明日が楽しみな理由であり、時間が流れて自分も年をとっていくという事実に、怖気づかずにいられるための勇気になってくれたりもする。

彼は運動が得意だ。いまほど忙しくなかったころは、お腹がはっきりシックスパックになっていたぐらい運動を楽しんでいた。わたしはというと運動とは縁遠い。持病の頸椎椎間板《けいついついかんばん》ヘルニアと脊柱側弯症《せきちゅうそくわんしょう》の症状緩和のために、病院から指導された運動だけはなんとかやっていた。彼はまわりに友人も多いし、人間関係も幅広いほうだ。わたしは狭くてほどよい深さの人間関係をつくっている。香辛料の効いた料理が好きなわたしとは違い、彼はフォーや麻辣湯《マーラータン》のような香辛料入りの料理を好まない。二人は似ているところだけではなく、違うところもとても多い。

そんなわたしたちが互いにとってこの世でたった一人の親友になったのは、話している時間がなにより楽しく感じたからだ。会話がはじまると、まるでビリヤードのボールが行ったり来たりするみたいに時間があっという間に過ぎてしまう。わたしは仕事であったことや幼少期の面白い思い出を話す。どんな話でも彼の前で話すのはとてもわくわくする。きちんと聞いてくれるおかげか、相槌が適切だからか、正確にはわからないけれど、彼の前でおしゃべりになるのは確かだ。彼の話を聞くのもとにかく楽しい。大学時代や軍隊での話など、わたしの知らない二十代前半の彼の様子を伝え聞く時間が好きだ。

誰にも言えない悩みがあったら一緒に悩むことができる。嬉しいことがあればいちばんに喜んでくれる親友が彼で、わたしは幸せだ。大人になって社会経験をどんなに積んだとしても、不安になるのはどうしようもなかった。正しく進んでいるのか、何をしているのか、揺れ動くと彼がいつも言ってくれる。きちんとやれていると。

心を分かち合う関係とは、言わずともその人の気持ちを感じることだと思う。しんどい時期があるたび、彼とわたしが気持ちを上手に分かち合える友になっていくのを感じる。つらくなっても怖くないのは、二人はいつでも一緒という信頼があるからだ。人生とは手ごわいことがひっきりなしに起こるものだと言うけれど、大丈夫。わたしたちなら上手に打ち勝てるとわかっている。

最近、親友はブルートゥースで接続する家庭用カラオケマイクを一本買った。彼は歌がかなり上手で、わたしの好きな歌も何曲か練習してくれたし、自分の好きな歌を歌っているのも何度か見た。歌うことを楽しめないわたしも、そのマイクで歌ってみたことがある。恥ずかしがり屋なせいで、人前で歌うなんて冗談でもやらないのに、彼の前ではマイクを両手で握りしめて音程もリズムも外して浮かれて歌った。わたしたちはマイクひとつでしばらくのあいだ笑ってふざけていた。

日々がわくわくすることに満ちて、笑うことばかりの人生ではなくても、毎日が幸せだ。親友の彼がいるから明日が楽しみだ。きっと彼もわたしがいるから今日が幸せだったろうし、明日を楽しみにしていると信じている。親友である恋人に今日もありがとうと言いながら、週末おいしいものを食べに行こうとデートに誘わなくちゃ。手をぎゅっとつないで、ずっと一緒にいよう、とも告げなくては。

35／迎えに行くよ

雨が降って来たという知らせに、誰かのことが心配になったら、心に留めている人ができたということだ。傘は持っているのかと連絡する口実ができてこれ幸いと思ったのなら、一本の傘を一緒に使いたい人ができたということだ。

強まる雨脚に迎えに行きたいと思ったら、片方の肩が濡れるのも気づかず歩くように、心がすべてその人で染まったということだ。

36／遠距離友情

かなり長いあいだ会えていない友人がいる。違う地域に暮らしているうえ、それぞれの仕事の都合で頻繁に会うことができない。大学病院に勤務している友人と、頼まれたら好き嫌い言わずに仕事しなくてはいけないフリーランサーのわたし、二人のスケジュールを合わせるのは予想以上に難しい。合間合間にメールで元気かとやりとりしたり電話で声を聞くことで、物足りないものの満足するしかなかった。

遠く離れているわたしたちは互いの誕生日になると、お祝いをしたためた手紙とプレゼントを送る。バースデーケーキのろうそくを一緒に消すことはできないけれど、大丈夫。心からのお祝いを余すところなく伝える電話で、会えなくて物足りない気持ちを紛らわすことができる。嬉しいことがあっても祝いの席は設けられないし、悲しいことがあってもすぐさま顔を合わせて慰めることもできない。ただ、なにもかもうまくいくようにと応援するだけだ。元気だよという知らせに安堵の笑みを浮かべ、腹立たしそうな声で電話がくれば、気持ちが落ち着くまで訴えを聞く。「遠距離友情」がしてあげられるのは、気持ちの片隅をいつでも提供することだ。

愛する人に出会うことに運命という単語を使ったりするけれど、わたしは友人関係にもあてはめることがある。あらかじめどんな人か知っていたとか、二人が仲良くなって一緒に長い時間を過ごすと知っていたからではない。明るく善良という彼女の第一印象でわかった。この子とはすごくいい友達になれる。

高校時代から大人になった現在まで、彼女との大きな逸脱といったら夜遅くまでカフェでコーヒーとパンを食べたことぐらいだ。酒は好きではないから二人で飲んだこともないし、クラブに行って音楽に合わせて踊ってみたこともない。改めて思い返してみてもとにかく楽しかった。会えばたくさん話すし、時間は無情なほど早く過ぎる。彼女と別れた帰り道はいつも心残りだった。食事をしてカフェに行き、そこを出るとまた違うカフェに向かった。雰囲気のいいカフェに席を移しながらいつも二次会、三次会まで遊んだ。もっともっと話したいのに時間が足りない気がすると、予約しておいた映画をキャンセルするぐらい、二人で話す時間が大切だった。

二人には成人してからも門限があったので、大学の休業期間中は午前中から会うこともあった。海辺に行って夕日を見ようと約束した日のことだ。よりによってその日は朝から土砂降りだった。運転歴がやっと一カ月のわたしと三カ月の彼女に訪れた、予想だにしないピンチだった。わたしたちは車を路肩に停めてひどく悩んだ。初めての日帰り旅行をこんなにも指折り数えて待ちわびていたのに、一面に広がる雨雲に残念な気持ちを隠せなかった。はたして雨の高速道路を運転できるのか、短い討論が交わされた。結局、行くことにしたのは車で三十分の場所にあるカフェだった。

美術館に併設されたカフェで、緑の芝生が見える窓際の席に並んで座った。海辺に行けなかった残念な気持ちを忘れるぐらい、たくさん笑って話した。わたしと友人はとても幸せだった。パソコンに保存されている写真のうち、おしゃれな場所を背景に笑う二十代前半のわたしは、ほとんど彼女が撮ってくれたものだ。だから、離れていてしょっちゅう会うことはできなくても、いい香りのコーヒーに出合うと彼女を思い出す。雰囲気のいいカフェを見つけると、一緒に来たいと思って彼女に連絡する。

＃02

いつか懐かしく思い出す
今日だから。

心がこわばった気がする、そんな日は彼女に連絡する。いまさら思春期がきたみたいだと愚痴を言う。同じように思春期がきた気がすると言う彼女と騒いでいて気がつく。わたしたちの思春期は、互いに会えないせいで訪れる感情だったと。ちょっと連絡をとるだけでも、心が柔らかく戻るのを感じて笑う。遠距離友情は大変だけれど、大切だと思いながら。

37／わが子よ、愛する子よ。

夫婦は毎朝、出勤前のこの時間を戦争のようだと思っている。ベッドから起き上がり、伸びをする夫の声は朝のはじまりを知らせる。もうちょっと寝ていたいという思いさえ贅沢なほど急がなくてはいけない。すごい早さでシャワーを浴びた夫婦は、一糸乱れず動く。男は子ども部屋へ、女は台所へ向かう。

父は子どもの登園のために洗ってやり、服を着せ、昨晩まとめておいた持ち物をもう一度確認しなくてはいけない。もっと寝ていたいとむずかるのをなだめながらなんとかシャワーを浴びさせ、頭を洗わせる。目に石鹸水が入ったみたいだと駄々をこねる子どもの目を拭いてやりながら、登園時間までどのくらい残っているか確認する。服を着せ、髪を乾かしつつも、今日は会社に行かないで一緒に遊んだらだめなのとせがむ子どもに、週末遊びに行こうと言い聞かせる。

母は朝食を用意すると子どもと父親を呼ぶ。食べたくないとすねる子どもを叱ることはできないから、夫婦はなだめすかしてやっとのことでなんさじか食べさせる。幼稚園に行きたくないと歌う子どもに無性に申し訳ない気持ちになって、一度ぎゅうっと抱きしめてからやっと自分たちのご飯をかっこむ。

夫婦は身支度を整えると、子どもを車の後部座席に乗せて出発する。最後に山場が残った。最近になってさらに親と離れたがらない子どもを幼稚園に連れて行く仕事だ。車のシートに座って足をばたばたさせながら、ママとパパと遊びたいと言う子どもの不機嫌な声をなだめる。幼稚園に到着したとたんに涙まで流す子どもに、週末は一日中一緒にいようねと指切りげんまんをする。泣いて充血したまぶたに唇を押しあてて、夕方会おうねと言って出てくる。

すべての共働き夫婦がこうというわけではないけれど、朝はいつもつらい。早く起きるからではなく、無我夢中になって準備しなくてはいけないからでもない。母の胸から、父の胸から離れたがらない子どもを、しかたなく離さなくてはいけない瞬間のためだ。この世でいちばんいい家に住まわせることもできないし、この世でいちばんいいものばかり食べさせることもできないけれど、自分の子どもにも人並みのことを、と思ってやっている。しかたなくやるから何度も子どもに申し訳なくなる。

数日前に風邪気味で子どもがつらそうだったのは、間違いなく自分たちのせいだと思う。何がいちばんしたいのか訊ねると、ママとパパと遊ぶことだと言う子どもの顔がちらついて、さらに申し訳ない気持ちばかりが膨らむ。

疲れきった会社帰りだけど、それでも幸せなのは、もうすぐ子どもに会えるからだ。無垢な笑顔ひとつで、だるさも疲れもすべて溶けていくようだ。仕事が終わってすぐさま駆けつけた夫婦は、子どもをぎゅっと抱きしめた。今日もお互いお疲れさまと言う言葉の代わりに、温かいハグをする。毎日いっぱい愛してあげられなくて申し訳ない子どもにも、ごめんねという言葉の代わりにぽってりした頰に唇を押しつける。

母の胸にぎゅっと抱きしめられた子どもが、思い出したようにぱたぱたと走っていったかと思うと、カバンから何かを取り出した。紙コップでつくったカーネーショ

02
いつか懐かしく思い出す
今日だから。

ンだ。「おとうさん、ありがとうございます」「おかあさん、ありがとうございます」と、つたない文字で書いてあった。

「おとうさん、おかあさん、ありがとうございます。そだててくれてありがとうございます」

幼稚園で習ったのか、へそのところで手を揃えておじぎしながら子どもが言う。父と母は、くねくねしたカーネーションを胸に飾って笑う。こみあげる思いで、申し訳ない思いで、愛しているという思いで、しきりにあふれそうになる涙をこらえながら笑う。


明日、もっと一生懸命に生きる理由だ。

わが子よ。

ひたすらに申し訳なく、愛している、わたしの愛する子よ。

38

けがが怖いからって縮こまってばかりはいられない

季節が変わるのを止められないように、自分ではどうにもできない気持ちがある。そのまま流せなかった妙な感情にぐるぐる巻きにされて、心が浮つくのを隠せない瞬間が訪れる。運命なんてあるわけない、ただ大げさに表現しているだけ、そう信じてきた気持ちが色あせるほどに胸を熱くさせる人がいる。

探し出そうとしたのでもなく、現れてほしいと言ったのでもない。どこからかわたしに近づいてきた運命のような存在を、ひたすら見ていたいという気持ちが生まれる。爽やかな笑顔がわたしに向けたものだったらいいのにと思うようになり、悲しい涙は拭ってあげたくなる。わたしはここにいる、あなただけを見て、あなたを誰よりも大切にしてあげられるのはこのわたしだ、と言いたい気持ちがどんどん育つ。勇気を出して一歩踏み出してもいいのか悩む夜が訪れる。誰かを好きな気持ちは簡単にはバラ

かんき出版
韓国翻訳本のご案内

全ラインナップ
はこちらから
チェック↓

＼Xアカウントもあります！／
@kankipub_kbooks

かんき出版

〒102-0083
東京都千代田区麹町4-1-4 西脇ビル 株式会社かんき出版

＃02

いつか懐かしく思い出す
今日だから。

バラにならないから、悩めば悩むほど気持ちがさらに濃くなるのがわかる。
ああ、わたしは恋に落ちたんだ。

風が吹けば揺れ、雨が降れば地面が濡れるように、当たり前のように生じるのが誰かへの思いだ。すべての存在にひとつとして同じものがないように、各自の愛情のかたちもすべて違う。恋に落ちるという表現のように、心がふいに奪われてしまったかもしれないし、恋に入り込むという言葉のように、自分でも気づかないうちにすっと心が近づいていたかもしれない。数えきれないほどの悩みや震え、ときめき、恐れが共存する瞬間にする告白は、もっとも切実な愛の伝達だ。

清々しい日差しと風が頬をくすぐる、愛するにはいい季節だ。暑すぎず寒すぎない今日の天気みたいに、熱すぎず冷たすぎない愛を抱くのにふさわしい。過去の愛のせいで長い冬の中一人ぼっちで寒さを患っているのなら、もう暖かい日差しにあたる番だ。痛かった傷も癒えて傷跡になり、濃く残っていた傷跡も薄れているだろう。過ぎた日があまりにもほろ苦いからと、訪れる日から顔をそむける必要はない。あなたのすべてをまるごと包んで抱きしめてくれる人が、運命という名で、もしくは縁という姿で、どこからか現れると信じている。そばで手をつないで歩きたくなる、あなただけの愛が訪れるだろう。その愛を逃さないように、縁かもしれないその人が通り過ぎないように、ひとかけらの陽光を心に抱いていてほしい。

通り過ぎただけの存在のせいで、近づいてくる縁をやみくもに恐れる必要はない。傷つきたくないという理由で、過去の傷の中にだけとどまって生きていくのは不憫だ。傷つきたくないからといって、痛かった傷跡をなでてばかりではいけない。もう勇気を出して一歩踏み出してもいい。

あなたのように美しい、愛するにはとてもいい季節だ。

39／認証ショット用じゃない、本当の友人

大企業に勤めていた友人が会社を辞めた。激しいストレスで体のあちこちが無傷の場所がないほど傷つき、パニック障害という心の病まで発症して下した決断だった。彼女は身長が１６０センチちょっとあるのに、体重が40キロ台前半まで落ちていた。会うたびに苦しんでいる姿を見てきたので、わたしはその決断を肯定的に捉えた。

健康のために転職活動を延期し、バランスよく食べて運動もはじめたという話は伝え聞いていた。彼女はアクティブなことを嫌う性格だった。そんな人が自ら運動をはじめるのだから、体が相当つらいんだなあと思っていた。以降、連絡をするたびに、運動はすればするほど楽しくなるとよく話していた。自分でも気づかなかったんだけど、猫背とゆがんだ骨盤で生きていたから、きちんとした姿勢に矯正していると言っていた。

運動と距離を置く人生を送ってきた彼女が、筋肉のしっかりついた健康な体に変わったかと思うと、骨格矯正を専門的に学びたいと勉強まではじめた。しばらく前に連絡があって、骨格矯正専門家という肩書きのパーソナルトレーナーとして就職したそうだ。まだ給料が出ていないものの、それでも気分がいいから会いに行くと知らせてきて、とても嬉しかった。明るい声が嬉しかったし、プラスのエネルギーが久しぶりに思えて、わたしまで笑顔になった。

これまで苦労してきた友人のために、わたしの部屋で料理を振る舞うことにした。スユク〔牛や豚のかたまり肉を茹でて薄く切り、酢醤油や味噌だれで食べる料理〕もちょっとつくって、コッチョリ〔浅漬けキムチ〕もよそった。高校生のころ一緒によく食べていたトッポギもつくって、チキンも一羽分、出前を頼んでおいた。わくわくした顔で家にあがってきた友人の両手には、何かがいっぱいぶら下がっていた。トイレットペーパー、ラーメン、ツナ、ハムの缶詰め、犬にあげるおやつ、犬の歯石を取るガムまで、何もかも買い込んできたのだ。健康になった顔で清々しく笑う友人は、以前と比べてはるかに明るい表情をしていた。ずっと苦労していた彼女を応援してきたわたしの気持ちが全部伝わるように抱きしめた。

わたしは本の原稿執筆と仕事を平行していて時間がなかったし、友人は未経験の業種で働く準備に無我夢中だった。顔を合わせて話をするのは半年ぶりに近かった。会うまでのこと、互いに頼りたかったこと、一緒に喜びたかった瞬間について、長い時間をかけて分かち合った。


並んで寝そべり、天井を眺めていたとき、彼女が言った。

「ユウン、いまも頸椎のヘルニアでひどい頭痛がする？」

心配そうなまなざしを感じた。わたしはぎこちなく笑うと相変わらずだと答えた。頸椎椎間板ヘルニアと脊柱側弯症のせいで、高校生のころからいつも片頭痛を抱えていた。病院にも行ってみたし、矯正運動センター〔姿勢の矯正や骨格矯正のための施術やトレーニングを行う施設〕もかなり通ったのに、ほとんど効果がなかった。

「わたしね、一年近く骨格矯正を学ぶあいだ、ユウンのことを考えてた。高校生のころの、放課後の自習時間に頭が痛いって泣きながらも数学の問題を解いている十七歳のユウンが頭に浮かんでた。わたしが治してあげる。時間はかかるけれど、もっと勉強して痛みを取ってあげる」

わたしにはとても素敵な友人がいる。SNSで自慢するために高いバッグを持ち出して認証ショットを撮る必要もなく、バッグから出した高級ブランドの化粧品のロゴが見えるように角度を決めてから撮った親しげな写真をアップする必要もない。一人暮らしのワンルームで、折り畳み式のテーブルに載せた一羽分のチキンで十分だ。未来が不安だから、互いにとってつらい話はしまっておくすべを知っている。考えてあげるという言い訳で、むしろこうすればよかったのになんて干渉しない。どのみちうまくやっていけると信頼し、ひそかに応援しながら待っている。

黙って横でずっと見ていてあげること。そして、帰ってしばらく休みたいときにはいつでも一緒にいる時間をつくってあげること。わたしたちはそうやってこれまで、そしてこれからも、一緒に生きていく友人だ。

40／眠れた？

朝、目が覚めたときに届いている連絡がすごくいい。「眠れた？」という三文字が、わたしのことを夜通し考えていてくれた気がする。目覚めてすぐに思い出す人がわたし、という事実にひっそりと笑みを浮かべてしまう。離れていても、一日を一緒にスタートするような気分だった。

わたしにとっては、「大好き」という三文字よりも温かい言葉だ。

「眠れた？」

41／もうすぐ会えますよ、わたしたち。

母方の祖母のベッド横にある小さなテーブルには、祖父の写真と、祖父と祖母が一緒に映った写真が並べてある。祖父が亡くなって二十年が過ぎた。二人が会えなくなって長い時間が流れたという意味でもある。

幼いころのわたしは、おじいちゃんが世界でいちばん大好きと言っていたぐらい、祖父にくっついて回る孫娘だった。プールが欲しいと言うわたしのために、前庭に水道工事をしてプールをつくるほど愛してくれた。祖父の事務所へ遊びに行き、年配の事務長たちに交じってアイスクリームを食べながら待っているだけでも楽しかった。祖父宅の庭には、成人男性三人が両手をぐっと伸ばさないと囲めないほど大きな木があって、その木の下で祖父とあれこれ話をするのも幸せだった。六歳のわたしと七十歳の彼の会話は意外と壁がなかった。『みにくいアヒルの子』というアンデルセンの童話をわたしが紹介すると、祖父はアンデルセンという作家の人生について教えてくれた。祖父との思い出を話そうと思ったら、徹夜で話してもひと晩では足りないぐらい、楽しかった瞬間ばかりだ。

祖母と一緒に祖父のことを思い返していると、憎らしかったことをときどき話してくれる。成人したいま聞いてみると、祖父はいい夫というわけではなかった。法律家だった彼は、無料法律相談ボランティアの先頭に立ったという理由で法務部長官に表彰された。それくらい、お金よりも社会的に助けの必要な人々のために生きた人だった。孫娘であるわたしからすれば、当然かっこよくて尊敬することなのだが、経済的に苦しかったせいで妻としては困ることだった。

無料の弁護を進んで引き受け、ボランティア活動を重点的に行っていた祖父のせいで、祖母は子どもたちの学費を心配して地団太を踏んだそうだ。素晴らしくて意味のあることなのはわかるけれど、いますぐ家族のために稼いでほしい、そう思ってもお金にまるで関心のない夫だった。人の道に外れることが耐えられない祖父の性格のせいで気を揉む日も多かった、といまでもため息をつきながら話してくれる。本当に困った人だったと寂しげに言いながらも、恋しそうなまなざしに変わる。

「おじいちゃんはイシモチの干物が好きだったじゃない。ユウン、おまえが来ると魚の身を全部骨から取ってあげてたのに、あの人ったらわたしには一度もしてくれたことがない」

寂しそうに話す彼女の言葉にも、夫への哀惜の念が溶け込んでいた。

「でも、おじいちゃんはおばあちゃんのこと、ものすごく愛してたじゃない」

「本心かどうかなんてわからないけれど、いつも言ってたねえ。わたしに向かって、この世でおまえがいちばんきれいだって」

九十歳の彼女はいまもなお二十歳の新妻のように顔をほんのりと赤らめて言った。死によって別れが訪れても、愛は去らなかったのだと感じた。

永遠の愛はないと思って生きてきた。生きていれば別れもするし、年寄りになるまでずっと一緒にいたとしても、死と同時に別離を迎えたりもする。そうやって別れが訪れると愛は終わるのだろうと、うかつな判断をしていた。わたしが浅はかだった。真の愛は永遠という表現のほうが正しかった。祖父からのプレゼントだという指輪が

02

いつか懐かしく思い出す
今日だから。

いまでも彼女の左手薬指で光っているように、愛の有効期限は永遠だった。祖父は亡くなってしまったけれど、祖母の胸の奥では生きている。死が二人を離してしまったけれど、それが愛の終わりではなかった。

祖母は眠りにつく前にいつも、枕元にある祖父の写真に声をかける。

「もうすぐ会えますよ、わたしたち」

「本心かどうかなんてわからないけれど、いつも言ってたねえ。この世でおまえがいちばんきれいだって」

＃03

人も心に埋めているんだ。

——愛がつらくなるとき

過ぎた愛に問いかけたい言葉はたくさんあるけれど、
もう胸の片隅に埋めておかなくては。

42／死ぬまでもう会えない人へ

バイバイ、愛する人。もう、死ぬまで会えないでしょう。同じ国、同じ地域に住んでいても、遠い宇宙と同じぐらい離れているかのように生きていかないといけないと思います。身に染みて悲しいから、夜はときどき枕を掴んで泣くしかないでしょうね。いっそ最初から出会わなければよかったと、ため息をつくたびに苦しむかもしれません。会いたい、声が聞きたいと、まるですすり泣くように、一緒に撮った写真を取り出して見るでしょうね。

さよなら。

空の星ほどに果てしなく遠ざかる、愛する人。

43 ／ 別れはあなたのせいじゃない

付き合っていた人と別れた、と友人が連絡してきた。長く付き合いたいと言っていた彼女の願いとは裏腹に、別れたと聞いて、とても寂しかった。交際中に起きたけんかの原因を洗いざらい話してくれた。相手に合わせる努力を十分にしたのか後悔しつつも、腹が立った記憶が浮かんでだいぶつらそうだった。全部わたしのせいで彼が変わってしまったんだと思う、と彼女がため息交じりに言うのでこう答えた。

「あなたのせいじゃない」

友情も愛も同じだ。人と人がつくる関係は思ったよりも弱々しい。ガラスよりも薄いことがあるから、氷のように割れやすい。関係とはこんなにも弱いのに、守り通せなかったことに苦しみがちだ。関係が終わった理由をすべて相手のせいにして、しつこく悪口を言う人もいるものの、原因が相手にあるにもかかわらず、こう言う人がほとんどだ。

「全部、わたしのせいだと思います」

友達との酒の席に出かけたが最後、連絡がとれなくなる恋人、嘘をついて遊びに行った恋人、浮気をした恋人、けんかをするたびに暴言を吐く恋人、ある日連絡を絶って音信不通になってしまった恋人。別れる原因をつくった人が明らかにいるのに、自分のせいに置き換えてしまう人がいる。わたしがもっと優しくしていたら、あのとき寂しい思いをさせなければ、あの言葉を言わなかったなら。数えきれないほどの「もしも」をつくりだして想像し、自身の過ちにしてしまう。


もっと優しくしてあげて、寂しい思いをさせなかったとしても、残念ながら縁の終わりは近づいてきただろう。優しくした、できなかったの問題ではなく、相手の過ちを客観的に見る必要がある。どんな理由でも解明できない別れの原因を前にして、バカみたいに自分を卑下することはない。恋人がいるのに浮気する人を理解するためのくだらない努力なんかしなくてもいい。恋人のあいだで守るべき連絡という簡単なことすら面倒だと後回しにする人を、いい人だとフォローすることもない。よかった点を反芻したり、申し訳なかった点を思い出したりして、別れの原因を希釈し、美化するなんてバカげている。

縁の弱さを、強くしてみせると一方が意地を張ったところで決して強くなれない。縁を強くできるのは二人の信頼だ。それを捨てて関係を壊してしまった誰かのために、悲痛な思いをいつまでも抱かなくていい。誰よりも大切なあなたが、すれ違う縁に多くの涙を流さないでほしい。

44／よくがんばった

恋愛に終止符が打たれると、どんな理由であれ後悔がはじまる。愛を捧げた人と別れるとこう考える。

「結局、わたしを捨てて行く人だったなら、全身全霊で愛するんじゃなかった」

愛が去ったのが悲しいから、ひりひり痛む心をうつろになでるだけの日々になる。

過去の恋愛で傷ついたために、近づいてくる新しい愛に向き合いにくくなる。心をすべて捧げても、結局はつらくなるかもしれないと不安になって、愛にためらってしまう。苦しい別れに向き合ったあとに、心ゆくまで愛してあげられなかった人のことを考える。

「わたしをこんなにも愛してくれた人を、もっと愛してあげたらよかった。もう一度愛してると言えたらよかった」

恋愛の後味がひりひり痛むのは、押し寄せる後悔のためだ。去った人との時間から後悔が生まれるのは、もしかしたら当然のことなのかもしれない。あなたが優しくしたから、もしくは優しくしなかったからではない。

日常を共にしてきた自分の一部が去ったのだから、大丈夫なわけがない。心をすべて捧げようが捧げまいが、がんばった。

愛するために、守るために、そして胸を痛めるために、がんばった。

愛するために
守るために
胸を痛めるために
よくがんばった。

45／異性の友人と夜通し遊ぶという人

異性の友人と恋人の親密度はどこまで許すか、という内容の書き込みをSNSでたくさん見た。コーヒー一杯までならいい、食事まではOK、二人きりでの映画鑑賞も許せる、深夜に飲んでもかまわない、などさまざまな意見があった。わたしは男友達・女友達という口実で無駄に近い間柄が理解できない。「本当の友達」なら、友人に恋人ができたら当然、一線を引くべきだと思っている。

女友達の許容範囲について、だいぶ前に腑に落ちない話を聞いたことがある。親戚のオンニ*が付き合いはじめたのは四歳年上の会社員だった。その男は彼女の学生時代の男友達を気にしていた。二度目のデートで、「学生時代の男友達は多いんですか?」と訊いてきた。そして、異性の友達との付き合いは慎んでもらいたいと訴えた。自分は身近に女友達がいないとも強調していたそうだ。

恋愛においては互いの意見を尊重するのが当然だと彼女は考えていた。付き合っている人とけんかしてまで、わざわざ親しくもない友人と二人きりでご飯を食べたり遊んだりしたくはないと思い、ふたつ返事で了承した。

問題が発生したのはそれからひと月も経たないころだった。男友達が数名いると判明していたオンニにではない。女友達はいないと自慢気に言っていた男のほうだった。年上の女性宅を夜に訪れ、日が変わるまで酒を飲んだのだ。何もなかったと彼は釈明した。そもそも実の姉みたいな間柄なんだと説明したそうだ。二人きりではなく、女性の友人も一緒だったんだから理解するのが義務であるかのように言ったそうだ。

「俺にとっては実の姉も同然なんだよ。だからわかるだろ？」

その言葉を聞くやいなや二度と連絡をしてくるなと言って電話を切り、着信拒否ボタンを押すべきだった。ところが彼女は、わかったと言って理解するふりをした。そ

＊　女性が実姉を呼ぶ呼称、転じて女性が自分より年上の女性に対して親しみを込めて呼ぶ際にも使われる。

れから数日間一人で考えてもみたし、友人と悩んでもみたけれど、とても理解できなかった。わざわざ女性の家まで行って、夜が明けるまで酒を飲まなくてはいけない理由とはなんなのか。実際の血縁関係でもないのに実の姉とはどういうことなのか。このわけのわからない状況をどうして理解しないといけないのか、彼女はそう思った。

もう続けていてはだめだと思ったオンニは、週末に彼と会う約束をした。待ち合わせ場所に出向くと、これまで悩んできたことを話した。赤の他人の女性がどうして実の姉も同然になりうるのか、外には腐るほど居酒屋があるのに、どうして女性の家に行って酒を飲まないといけないのか、ひとつも理解できない、と。それから、付き合っている女性がいるのに他の女性の家で夜通し遊んで当たり前という考えのようだからわたしとは合わない、ときっぱり言った。それでもなお彼は、実の姉みたいな人なんだという言い訳だけをオウムのように繰り返した。彼女はそのめちゃくちゃな弁解を聞いて腹が立ち、男に質問してみた。

「前に話した友人は、わたしにとっても実の兄みたいな人です。その人と知り合って十五年以上経ちます。その人が家に来て夜通し飲んで遊ぶのは当たり前のことですか？」

彼はもごもごと言うだけで答えられなかった。自分がすればロマンスで、他人がしたら不倫という、狭い思考回路の持ち主だった。彼女は、こんな男と付き合った自分がバカだったという後悔はしなかった。むしろ幸いだったとわたしに言った。もっと長く付き合う前にわかって、とても運がよかったと電話で話していた。

そして、恋愛における基準がもうひとつできた。「女と実姉を区別できないバカみたいな奴とは、知り合おうともしないこと」

46／自尊心をおとしめる恋愛

数年前、携帯電話のせいでわたしは簡単にぐらついたり萎縮したりした。ＳＮＳの四角い枠に収まる写真は、華やかなものばかりだった。食べ物の写真一枚撮るのにもいろんな角度から演出する、ＳＮＳの正方形の中の世界がすべてではないとわかって、いまはもう、でっちあげられた華やかさに惑わされない。

けれども、わたしを繰り返しぐらつかせたり、間違ったかもしれないと萎縮させてくる人が実際にいるとしたら、状況は違ってくる。

明るい性格で、笑顔の愛らしい後輩がいた。気立ての優しさを感じる顔立ちで人気があった。何をするにも自信にあふれた彼女がわたしも好きだった。人間関係にもとくに問題なくうまくやるほうなので、彼氏との恋愛もうまくいっていると思っていた。そんな彼女が、恋愛の悩みがあるとわたしを訪ねてきたことがあった。

「先輩、彼がね、コンビニで買い物をして出るときにわたしが店員にありがとうって言うだけでケチをつけるんです。わたしは男に尻尾を振っているんだそうです。男たちと連絡をとっているわけでもないのに。恋人がいないふりをして男と酒を飲みに出歩いてるわけでもないのに。わたしにいつも正しく振る舞えと言うんですよ。どうでもいいことでよく言い争いになるからストレスなんです」

実際に間違った行動をしたことがないにもかかわらず非難されて、彼女は疲れ果てていた。会話や行動に制約を受けるようになり、彼の顔色をうかがうようになったと言った。

話を聞いて、彼女の置かれた状況はガスライティングに近いと思った。ガスライティングとは、相手の状況を捏造することで何度も疑いの気持ちをもつようしむけることだ。最初は小さな疑念を徐々に大きくして判断力を揺らがせる行動であり、相手をコントロールするために使う卑怯な方法のひとつだ。でも、彼はあなたにガスライティングをしているかもしれないから、一刻も早く別れたほうがいいと思う、とは言わなかった。二時間程度の会話だけで、一年間の恋愛を生半可に結論づけることはできなかったからだ。ただ、彼女にこう頼み込んだ。

「わたしは彼よりもずっと長いあいだ、あなたを近くで見てきた。一緒に勉強して遊んできたこれまでで、あなたの異性問題が複雑だと感じたことは一度たりともない。それに、わたしよりもあなたをよく理解しているのはあなた自身だよ。そうでなきゃいけないの。その男があなたを疑ったとしても、あなたが自分を疑ったらだめ。かっこよく生きてきたこれまでの姿を保てばいい」

彼女が帰ってからも、心配になって何度か連絡した。その男とは、ひと月も経たないうちに別れたという嬉しい知らせが届いた。

恋人という存在はもっとも近くにいるから影響力がとても大きい。そんな人が相手の傷つく言葉を平気で投げつけている場合もある。「ちょっとは自分磨きしろよ」「ほんとにおまえはなんにもできないんだな」「わたしだから付き合ってあげるのよ」。ほんのひと言でも、何度も聞いているうちに、自分への疑いに変わっていく。「わたしがだめなのか？　何もできない人間なのだろうか？」。こうして生まれた疑念が確信になってしまわないよう、不要な忠告の取り除き方を知っておくべきだ。

自尊心を食いつぶそうとする虫みたいな恋愛なら、なんの役にも立たない。愛する人という地位は、相手を壊してもいいという資格ではない。いいかげんに自分を判断してもいけないし、簡単に傷つけてもいけない。

自分自身を愛して応援するだけでも足りないぐらい大切な日々だ。たかだか数カ月や数年付き合った恋人が、叱責したり見下してきたりしたなら、ためらわずに立ち止まるべきだ。誰もあなたの自尊心をたやすく踏みにじることはできない。

47 ／ 元カノの写真を いまでも削除できない

なぜ恋愛をしないのかと数えきれないほど質問され、忙しいからと言い逃れるのも毎度のことだった。まだきみを忘れられないからとは言えない。

大学の新入生のころから一緒だった二人に訪れた最初の試練は、ぼくの入隊だった。軍隊に入ると聞いたら、涙もろいきみは泣くと思ってた。ぼくの思いとは裏腹に、けがに気をつけて行ってらっしゃい、と淡々とした声で言ったきみ。待つんじゃなくて自分の人生を生きていくから心配しないで、と勇ましく告げる顔をいまでもはっきり覚えている。

ひときわ大きな箱でお菓子を送ってくれたり、見栄えのいいお弁当をつくってしょっちゅう面会に来ることはなくても、愛は十分感じていた。二週間おきに届くきみの手紙のおかげで、軍隊生活をうまく耐えることができた。紙いっぱいに込められたぼくたちの愛情や信頼のおかげだった。きみは社会で元気に過ごしていて、ぼくは軍隊で健康に過ごせていた。

除隊の日、ぼくの両親と一緒に来たきみの泣き出しそうな様子を見てわかった。なんでもないふりをして笑って見送るために、ぼくのいないところできみがどれほど涙を流していたか、目にすることはできなかったけれど、わかるような気がした。

兵役は愛の障害だと人は言うけれど、ぼくたちにはそれほど問題じゃなかった。きみはぼくに言っていたように、誰よりも一生懸命生きていた。ぼくも除隊後にきみと過ごす日を夢見ながら真面目に生きた。軍隊さえ行ってくれば、ふたたび幸せで楽しい恋愛の続きに戻れるという考えは、滑稽なほど不確かな幻想だった。ついぞ考えてもみなかったぼくたちの恋愛の障害は、軍隊ではなく現実という壁だった。ぼくは学校に戻って学生になり、きみは就職をして立派な社会人になった。それぞれの生きる環境が違うという事実が、二人のあいだに距離をつくった。

卒業はしたものの就職できなかったぼくは、いつしかきみに愛より申し訳なさを感じていた。就職活動中のぼくに負担をかけるのではと、きみが言動の一つひとつに注意を払うのを感じていた。いつからか、それぞれの考える五万ウォン〔日本円で約五千円〕の価値がずれていった。ぼくにとってはかなりの大金で、きみにとっては一度の食事で難なく使える金額だった。デートの際、ぼくに気をつかって安い食堂に行こうとするきみを見ると、ただただみじめだった。たまにいいお店で食事をして会計に向かったのに、きみがすでに支払いをすませたと言われると、無性に腹が立った。

いまになってみると、それはすべて自責の念で、愚かなのはぼくなのに、どうしてきみに苛立っていたのかわからない。してあげたかったことはたくさんあるのにできなくて、それがひどく申し訳なかった。きみの友人たちがSNSに載せている彼氏たちのように、車で迎えに行って素敵なドライブをし、ちょっといい感じのおいしいお店で気をつかわずにメニューを選びたかった。誕生日にはぼくの財布事情をきみが気づかって言うプレゼントではなく、ブランドショップに立ち寄って日ごろ欲しがっていたバッグを買ってあげたかった。いまでも十分幸せだと言うきみに、やってあげたいことは悲しいほどあった。

大学時代から二人で通っていた焼き肉屋でデートをした日のことだ。会社できみの面倒をよく見てくれるという先輩の話の最中に、ぼくは言った。

「ぼくたち、別れよう」

いまにも泣きそうなきみの目を見る自信がなくて、とげとげしい言葉を続けざまに吐き捨てた。ぼくたちはもう終わりにするのがいいと思う、ぼくの立場で恋愛なんてとんでもない、自分の人生ひとつ面倒を見るのすら難しいんだ。きみがご飯を食べるたびにもちだす会社の話も聞きたくないし、仕事ができるっていう先輩の話もむかつくんだと、ひどくバカなことをまくしたてた。きみがぼくを引き留められないように、できるだけ激しい言葉を浴びせた。わかったと答えるきみの涙声がいまも耳に残っている。ごめんと言うべきなのはぼくのほうなのに、そんな状況でもぼくに向かってごめんねと言うきみの唇を覚えている。むなしいことに、七年間一緒にいたのに、別れるのには十分もかからなかった。

そのあとも、何度かきみから電話がかかってきたけれど、受けなかった。電話帳から電話番号を削除したのに、液晶画面に浮かぶ番号を見るだけできみだとわかった。何千回とかけた番号をそう簡単に忘れることはできなかった。

何度かの挑戦の末、希望の会社に入った。ぼくたちが別れて二年経っていた。そしてきみが五月の花嫁になると聞いた。大学の同期が注意深く伝えてくれたのだ。表情を上手にコントロールできていたかはわからないけれど、ぼくはできるだけどうってことないふりをして、よかった、と言った。

ぼくはまだきみの写真を削除できない。戻ってくると信じているからでもなく、引き留めたかったという未練でもない。ただ、ぼくにとっては愛する人だった。そして、いまでも愛する人なんだと思う。どこかできみが元気にしている、それでぼくは十分だ。二十代のころ、きみをあふれんばかりに愛していた記憶だけでも、ぼくは豊かに暮らしていける。

結婚、本当におめでとう。

48 ／ きみのＳＮＳ

きれいだったな。嫌と言うほど愛されているきみの姿は、すごく幸せそうだった。かっこ悪く見えるだろうけど、ぼくはいまでもきみのＳＮＳを覗いている。新たな愛と共にいるきみの笑顔がとにかくきれいで幸いだけれど、会いたくなっていたずらに悲しくなったりする。

あのころのぼくは、どうしてあんなにも人生に苦しんでいたんだろう。就職はうまくいかず、越えるべき世間の壁は高く、負うべき責任を恐れてばかりいた。きみに素敵なプレゼントひとつ用意するのも大変で、おしゃれなお店で一回食事するのも重荷だった。実はうまくいかない自分の人生がとても怖いんだ、ときみに言うことがこの世でいちばん難しかったから、ぼくたちは他人同士になった。

別れなければいけなかったぼくたちに未練があるわけじゃない。ただ、後悔していることがあるとすれば、一緒にいたときもっと優しくしてあげられなくて、思いやりのあるひと言をひんぱんにかけてあげられなかったから、寂しい。

自分がつらいからという理由で、もっとつらかったであろうきみにごめんと言えなかったから、いまさらながら謝罪の言葉を送る。ありがとうと言えなかったから、ぼくはきっともう少しきみを恋しがるべきだと思う。

きみを恋しがるべきだと思う。
ぼくは、
きっともう少し。

49 ／ 元気？ 元気。

言葉にできないほどまぶしかったあなたを覚えています。ひょっとしたら運命だったのかもしれません。日差しを浴びてきらめく波のようだったあなたを、愛することができてとても幸せでした。もうわたしを愛していないと言うあなたを恨みはしません。あなたの心が変わるまで、愛を怠けていたことが悔やまれるばかりです。

夏の夜の夢のようにわたしに近づいてきたあなたが、去るんですね。もっと一生懸命愛してあげられなくてごめんなさい。もっと大事にしてあげられなくてごめんなさい。まぶしかったあなたは、いつまでもそのまぶしく美しい姿でいてください。

どうか、どこにいてもお元気で。

50／人が一人、いや、愛がひとつ去ったのに。

食事ものどを通らず、友人とも会えず、部屋に閉じこもってただ悲しんだ二十代最初の別離。去っていった恋人への愚痴や会いたい気持ちを切々と訴え、夜遅くまで酒杯を傾けた二十代二度目の別離。ひょっとしたら最後の恋人かもしれない、と思った人を静かに寂しく送り出した三十代の別離。

年齢を重ねても愛の終わりは相変わらず耐え難かった。出勤しなくてはいけないから寝なくてはならず、食事も仕事もして普段どおりに過ごしたものの、実際は一日中悲しかった。愛が訪れたら別れも必ず訪れるという話は自分のことじゃないと思っていたのに。悲しいかな、わたしも例外ではないと認めるしかなかった。

愛する存在が永遠に会えない他人になったという現実がつらくなった。嫌になるほど苦しんで、その人の憎かったところ、良かったところや悪かったところ、申し訳なかったことをひとつずつ反芻した。恋しくなったかと思うと憎んだりした。入り乱れる感情に必死にじたばたした。季節がいくつか変わったころ、思い出そうとしても気持ちが動かなかった。「もう大丈夫になったんだ。わたしにもそんな日があった。うん、そんな恋愛をしたっけ。そんな人がいたよね」なんて、名残惜しいため息ひとつで乗り越えるようになった。過ぎた愛について考えても平気になるのは、思ったよりもむなしかった。苦しんだ記憶がぼやけていくのは鈍感になる過程だと、単純にやり過ごすにはほろ苦かった。

いまはもう、愛がひとつ去ったからといって、朝から晩まで一日泣くだけの余裕がない。どうしてもう愛していないのと、終わってしまった愛を恨みながら友人と徹夜で酒を飲む体力もない。悲しくともその悲しみを静かに抱くしかない。恋しさはただ恋しさのまま過ぎていくよう待たなくてはいけなかった。友人に会って最近恋愛をしない理由を問われることがあると、なんとかして苦笑いを浮かべ、忙しいんだと切り抜けたりした。愛という単語に不慣れになった気がするとは言えなかった。
ふと、「あの人みたいに素敵な人とまた出会えるだろうか」という問いが頭に浮かぶ夜がある。あの人を愛していたころの自分が恋しいのか、あの日のわたしたちを偲んでいるのかはわからない。それとも、いまでもあの人に会いたいのか、自分でもわからないから、あえて答えを探さずに眠ろうとする。

友達の結婚式に行くと、自分の中の恋愛に関する思いが消え、結婚に対する期待が失せるのを感じる。生きるのに必死で、久しぶりに友人に会える喜びもつかの間だ。結婚はいつするのと訊かれると、わたしもわからないよと答えた。もはや誰かと付き合いはじめるのすら難しくなったのに、生涯を共にする伴侶を探せるかなんて見当もつかない。

二十歳のときめきも忘れてしまい、覇気もなくなったわたしが、誰かを愛することができるだろうか。ひょっとしたら、愛という感情そのものがわたしの中から消えてしまったのかもしれない。友人が気を揉むので何度か行ってみたブラインドデートや、母の小言に勝てずに何度かした見合いの席で、相手に素敵なときめきを感じなかったわたしは、もはや恋愛機能を消失しているのかもしれない。

二度とできないと思っていた愛も、夜のあいだに降り積もる雪のごとく静かに訪れるという。別れに悲しみ、恋しさに苦しんで、落ち着いてきたある日、なんの予告もなく出し抜けに柔らかな感情が生まれるという。わたしにはいまだに訪れないのをみると、愛をすべて使い果たしてしまったのだろう。過ぎ去った愛に、人に、苦しむために。

人が一人、
いや、
愛がひとつ去ったのだ。

51 ／ 手遅れなわたしの心

嫌というほど愛せばよかった。過去の愛の傷跡がひどくうずくから、あなたもわたしを傷つける人だと思った。一途に愛してくれるあなたを見ながらも、いつかは冷たく変わって去ってしまうのだろうと疑っていた。もう愛に傷つかないと何度か誓って、簡単に心を開かないよう努力した。愛の前ではもう弱者にはならないと思って、あまり近づかなかった。あなたの愛をすべて受け取ることもしなかった。わたしの愛をすべてあげることもできなかった。

そんなわたしに疲れきって悲しんでつらかっただろうあなたを、いまになって思い出す。別れた日も家まで送ってくれた姿がしきりに思い浮かぶ。最後まで優しかったあなたの愛はすべてわかっていた。

ごめんという言葉の代わりに、愛してると言えばよかった。ひどく臆病で表現できなかっただけだと打ち明けるべきだった。あの瞬間に勇気を出せなかったことを後悔している。本当は、わたしもあなたのことをとても愛していたと伝えればよかった。

あなたの電話番号をいまだに削除できないし、メッセンジャーアプリのプロフィール画像が変わるたびに、ぼんやり眺めてしまう。

あのときのあなたを、もっと抱きしめるんだったと後悔している。

52／愛することと生きていくこと

親しい後輩の悩みは「愛」だ。食べていくことに集中すべき年齢なのに、愛について語り、恋愛をどうのこうの言うなんて幼稚なことと思うかもしれない。年齢は関係ない。人なのだから恋愛をして生きていくのは当然のことだ。後輩は、最後の恋愛が終わってからというもの、愛の難しさにもがいていた。

「恋愛の終わりが何か、わかってしまった気がします」

恋愛の最後はどうせ悲しい、そんな考えにとらわれたままで誰かに気楽に近づくなんて、簡単なことではない。「こんな気持ちも結局はしぼんでしまうんだ」「こんなに大事にしてくれていても、時間が経ったら冷たくなるのはわかりきってる」。ひとつ、ふたつ浮かんでくる不安のせいで、目の前の愛に集中できなくなる。どんな恋愛をしてきたのか、どんな人と出会ってきたのか、そんなことよりも重要なのは愛する準備ができているかどうかだ。息を吐くように嘘をつき、浮気をしてしまった、そんな最悪の恋愛をしたかどうかなんて、振り返らなくていい。外に雪が降っているか雨が降っているか気にしないぐらい幸せだった、そんな最高の恋愛をしたかどうかに執着することはない。悪い記憶と現在を置き換えて自分自身を妨害する必要はないし、過去のいい思い出をもちだして現在と比べる必要はもっとない。ただ、今日の自分に咲きはじめた愛に最善を尽くすだけでいい。

子どものころ、コインを入れて回すと、丸いプラスチックの入れ物が出てくるカプセルトイが文房具屋にあった。何が入っているかは開けるまでわからない。恋愛も同じ。恋愛の終わりがわかってしまったみたいだと言うけれど、実際は誰にもわからない。理想のタイプで一目ぼれだと言っていたカップルは別れて、それぞれ新たな縁に出会って結婚した。一から十まで合わないからすぐ別れると思っていたカップルは、夫婦になって最近子どもが生まれたし、口うるさい彼氏が重たいのが悩みだと言っていた知人は、おしゃべりカップルになって数年経つ。誰もわかるわけがない。当事者にもわからないのが恋愛の終わりだ。

愛の最初の一歩を踏み出すこと自体、
不安で心配になるものだ。
不安は不安のままで終わらせるべきで、
性急に未来を決めつけるべきではない。
愛するということはそれほどに切実で難しい。
美しい心の色が容易に色あせないように、
上手にお世話をしながら愛して生きていけばいい。

ふっくらと咲いた愛に
ただ最善を尽くせばいい。

53／つらすぎる愛は愛ではないと

恋愛相談をもちかけられることがある。恋愛に関しては正解がないと思っているけれど、気持ちが全然落ち着かないんだろうな、と思うから断らない。愛の話をたくさん聞いてみると、わたしたちの日々の暮らしにまつわるエピソードが似ているように、愛情のかたちも似ていることが多い。

愛とは、二人の人間がひとつの関係に結ばれる過程である。それはまるで航海のようだ。小道や花道ではなく、風が吹けば激しい波が立つところから共に進んでいく。どこに向かうのか、何に乗って行くのか、どこで停泊し休んでから進むのかもすべて、選ぶのは二人の役目だ。一艘の帆船に身を預けたまま、雨風の吹きつける海の上でひどく揺さぶられるかもしれないし、大きく頑丈な船で静かな波の上を速く進むかもしれない。どんな船に乗って、どの程度の波に見舞われるかは二人にかかっている。

インターネット賭博をする彼と付き合っている知人の話を聞いたことがある。できるかぎり平気なふりをしたけれど、心情はどうしても複雑だった。賭博に間違ってはまったんだろうと男の肩をもつ彼女に、わたしのアドバイスはもう無駄だと知った。すったお金のせいで癇癪を起こし、腹を立てると暴言も辞さないという男だった。すでに闇金にまで手を出していて、正直誰が見てもほとんど最悪だった。

彼女はそんな男にお金を貸してあげさえした。彼の落ち込む姿が見るからに気の毒で、気が弱くなったんだと言った。どうして賭博をする人と付き合ってはいけないのか、賭博の中毒性がどれほど恐ろしいかを説明する必要はなかった。すでによく理解したうえで彼女が口にする、彼を愛しているという言葉に、ほろ苦い笑みを浮かべるしかなかった。どうすればいいんだろうという質問に、別れたほうがいいと答えることもできなかった。

残念ながら、どんなに大きな愛を与えても直らない人のほうが多い。「わたしがこうしてあげれば変わるのでは」「あの人をわたしが変えてあげられるのではないか」

という考えは、ただの悲しい傲慢だ。誤った信頼のせいで、つらくなるとわかりきっている愛の道へ進む人を止める方法はない。

歌手キム・グァンソクの歌のタイトルにあるように、「つらすぎる愛は愛ではないと」認めなければいけない。我慢しなくてもいい悲しみを無理に我慢して過ごさなければならず、耐えなくてはいけないことの多すぎる愛なら、それが本当の愛なのか一度振り返ってみることが必要だ。頑丈な船でも茫々《ぼうぼう》たる大海原を渡るのは難しい。船底に穴が開き、しょっちゅう海水がすごい勢いで入ってくるような壊れた船で、激しい波に向かっていくようなことはあってはならない。幸せすぎてつねに笑っているような日々でなくとも、自然と笑みが浮かぶ小さな幸せがあちこちに現れる、そんな愛があるものだ。水を何口か飲めば簡単に振り払える程度の苦さでないなら、その愛は一刻も早く吐き出さなくてはいけない。

54／気持ちはどんなに哀願しても冷たかった

恋愛っていうものは、ほんとに難しい。違うところは互いに合わせていけばいい。万が一間違いがあったら直せばいい。二人のあいだに誤解があれば解けばいい。あまりにも簡単に考えていた。

それがすべてだと思っていたのに、すでに閉じて変わってしまった心は、自分がどうにかできるようなものではなかった。合わせることも、直すことも、解くこともできなかった。気持ちはどんなに哀願しても悲しいほどに変わらなくて、冷たかった。

まあ、そうやって終わったんだ。果てしなく幸せで、あふれんばかりに愛して、悲しいほど憎んで、苛立つほど悲しかった。

そして、いまでも会いたいんだ。

55／わたしはまだここにいるのに

間違っていたのは明らかにあなたで、悔しいのはわたしのほうなのに、言い争って仲違いした夜は、あなたがひとつも連絡を寄こさない携帯電話を、ただなすすべもなく眺めているしかなかった。単なる友達とかいう学生時代の女友達が彼氏と別れたからって、どうしてあなたが夜中に慰めに行かないといけないんだろう。行かないでというわたしの言葉を無視するあなたに、何も言うことができない。守るべき一線を守れないのはどうしてと声を荒らげるわたしに、そんなことも理解してくれないのかとわたし以上に腹を立てるあなたを、どうしたらいいんだろう。

恋愛は合わせていくことだ、と誰かがさも簡単そうに言ってたけれど、考え方そのものがこんなにも違う二人が合わせていくなんて、可能なことなんだろうか。まわりの友達からあなたの話を何度も聞いた。女と酒を飲んでいるという知らせは何度も届いた。わたしには寝ると言った日に、学校の後輩の女と会っていた。男友達と会うと言っていた日に、中学校時代の女友達と酒を飲んでいたことも知っている。軍隊の後輩と会うと言っていたのに女と会っていた。わたしじゃない女と笑っているあなたを見た、という連絡が友達から来ると、わたしが必死に言い繕った。あなたの女好きは絶対に治らないから別れろと友達は言う。わたしは治ると信じていたけれど、何が正しいかはいまでも不確かだ。

あなたと別れたくないがために、何度もあなたの嘘に騙されてあげた。そうすればいつかは正気を取り戻すと信じていたからだ。愚かだった。中学生のころからの幼馴染という女を紹介された日、わたしは毅然としているべきだった。別に知りたくもない二人の思い出話を、何が楽しくて笑って聞いてあげていたのか、改めて考えると腹が立つばかりだ。友人だという女が、「わたしたち」という単語であなたと自分をひとくくりにして言っているのを聞いたとき、どうして不快な素振りをしなかったのかと思うともどかしい。SNSにあげている観光地の写真に、一緒に行こうと書き添えてあなたをタグ付けしているその女のことを、どうして我慢していたんだろう。SNS上でわたしよりも親しげなあなたたちを見ながら、バカみたいに我慢ばかりしていた。

恋人でもない女に一線を引けずにあいまいに振る舞うあなたを、どうして理解しようとがんばっていたのか、終わったいまになって後悔している。わたしの基準でおかしいなら別れを告げることに躊躇するべきじゃなかった。あなたという人を抱きしめようとじたばたしていたわたしが未熟だった。恋愛の終わりが近づいているのに、結局のところ、後悔と自責の念が状況をさらに悲惨にする。あなたと出会ったのがきっと間違いなんだと、何日か寝ずに苦しまないといけないのだろう。

あなたの手を果敢に突っぱねることができなかったのは、別れが怖かったからかもしれない。もしくは一人ぼっちになるのが嫌だった可能性もある。その対価として罰を受ける夜だ。別れを恐れすぎた結果がこんなにも痛いものかと、いまさらのように感じている。合わせていくということは互いを尊重してこそだ。こちらの言うことは間違いで、自分の意見だけが正しいと主張するあなたの態度は、わたしに対する尊重がまったくないという意味にしか聞こえない。いっときは存在するだけでわたしの幸せだったあなたが、わたしをどこまでも悲しくさせる。

あなたを手放したくないという気持ちは、愛情ではなくわたしを蝕む意地だったと思い知った。わたしは変わらずまだここにいるのに、あなたの気持ちはすでに少し離れたところにあると感じる。別れたくないという意地だけがここに残っていた。もう、わたしも去ろうと思う。ここに残って自分を痛めつけるのはおしまいにしなくては。あなたを愛していたという理由で、もうわたしをだめにしない。

56／彼との二度目の別れ

二人がまた付き合うことになったのはたぶん、互いに残っていた未練のせいだろう。わたし以上にわたしを熟知しているあなたのことをよく思い出した。いつもわたしをまず気づかってくれた過去のあなたが恋しくなった。そんなあなたに、言葉ではありがとうとかあなたが大切だとか言っていたけれど、いつからか当たり前に思っていたと気づいた。それがひどく申し訳なくなりはじめた。なんとか押し込めていた未練がにゅうっと育ってしまった。

時間とは奇妙なものだ。別れたときのボロボロだった姿は時間と共にぼやけていった。うまくいっていたころ、花のように笑っていたころばかりが鮮やかになって、わたしはまた錯覚したみたいだ。あなたの過ちより自分の過ちのほうが大きく思えて、もう二度と別れないだろうなんてバカみたいに思っていた。

あなたとの二度目の別れで理解した。わたしたちの別れは誰の過ちでもない。ただ、縁がここまでだったというだけ。合わせようとしても合わない、そんなやるせない縁だっただけだ。愛して、傷ついて、ふたたび愛したけれど。

それでも、わたしたちは胸の痛む結末を迎えるようだ。

57／わたしだけが待つ恋愛

わたしの恋愛は待つことだった。

「ちょっとしたら連絡するよ」

あなたの言う「ちょっと」の長さはわたしと違いすぎて、かなり待たなくてはいけなかった。既読になっても返信のないチャット画面を、むなしく眺めていた。

「終わったら電話する」

あなたの仕事が終わるのを待った。会社から帰宅するあいだも、帰宅して着替えて晩ご飯を食べるまでずっと携帯電話を手放せなかった。連絡を待ちながらもずっと心配してあせっていた。本当に忙しいのかもしれないのに、わたしは何がそんなに不安だったんだろう。

「ごめん、うっかりしてた」

ささいな約束ひとつさえも守ろうとしていた人が、ときどき連絡する約束を忘れた。仕事が終わったら電話するというあなたの言葉だけを信じて待った自分が情けなく感じるほど、あなたは平然とした声で、友達と一杯飲んでるんだと言った。

わたしは後回しにされ、彼はよくわたしを忘れた。期待して待っていたら、鈍感になって、つぶれた。待つことに鈍感になり、恋しさに鈍感になり、痛ましくも愛情は朽ち果てた。わたしたちは互いを押しやって、ときに連絡しなかった。

これが長い恋愛の結末なら、愛の終わりの姿が結局これだと言うなら、わたしはふたたび誰かを愛せるだろうか。

58／別れようという言葉は言わないこと

「それなら別れよう、わたしたち」

理性が感情をコントロールして、言うべきことと言うべきでないことを区別するのはかなり難しい、と言葉を吐き出してしまってから気づいた。すでに出てしまった言葉を拾い集めることはできない、そんな当たり前のことに絶望した。一瞬で冷めていく相手の瞳を見て、しまった、と思った。この人はそんな性格だ。一度決めたらよほどのことでなければ変えないし、誰よりも言葉を慎重に選ぶ。

そんな人からすると、別れようという言葉はもう引き返せないと感じる。言い争いは何度となくあったけれど、どちらかの口から別れようという言葉が出たのは初めてだった。つまりわたしは、別れようと言いたくなるほどひどくがっかりして腹が立った、という気持ちを表現しようとして言ったのだ。別れようというワードだけに彼は焦点を合わせた。そして、ぼくたちの日々がたかがこんなことで終わるのかと訊いてきた。わたしは、これまでに積もったものが今日とうとう爆発したんだろうと言いたかったけれど、口をつぐんだ。確かなのは、わたしの発言が性急だったという事実だ。悔しさを表現しようとして、関係の終わりに言及するべきではなかった。

別れが目の前に迫ると、すべての思考が解決策を探すことに集中した。わたしが壊してしまったとしか思っていなかった。もう一度だけ我慢しておくべきだった。別れようという言葉を言わなければよかった。後悔が押し寄せてきても、もつれてめちゃくちゃになった二人を解く助けにはならなかった。

「そうだね、別れよう」

しばしの静寂の果てに彼が返事をした。バカみたいだけれど、引き留めてくれると思っていた。悪かったから別れるのはよそう、と彼の口から出てくると思っていた。そんなわたしの願いとは裏腹に、冷めた顔で背を向けて行ってしまった。終わってしまった。ドラマに出ている俳優のＮＧシーンのように、「もう一回やります」と言って、二人が言い争うちょっと前の場面まで戻りたかった。残念ながら、わたしは現実を生きる人間だった。彼は行ってしまった。

よりを戻すだろうと信じていたのは間違いだったと感じるぐらい、彼からはなんの連絡もなかった。癖で確認してしまう携帯電話にも、彼からのメッセージは来なかった。元気か程度のメッセージは来るだろうという期待も無意味だった。知らない番号からかかってきた電話にもしかしたらと思って出てみても、彼の声ではなかった。酒に酔った勢いで会いたいと連絡が来ることもなかった。一緒に通い詰めた行きつけのパスタ店に行ってみても彼はいなかった。彼が気に入っていたカフェにも行ってみたし、一緒に買い物をしたスーパーにも立ち寄ってみた。

終わりってこんな感じなんだ、みじめなほどそう感じた。二度と会うことも、話すこともないのが別離だった。わかってはいたけれど、実際に訪れたのは想像以上に重い悲しみだった。

わたしにできるのは、二人の思い出の中でさまようことだけだった。昼間は仕事をし、夜になると後悔で泣くばかりだった。別れる前に一緒に見ようと話していた映画が公開され、時間はいつの間にか流れていた。勇気を出して電話をかけてみたけれど、彼は出なかった。メッセージを送っても、返事はなかった。わたしはここにいるけれど、彼はどこか遠くに行ってしまった。

ありえないだろうけれど、会社から帰ったら家の前にあなたがいてほしい。すまなかったとしょげた笑みを浮かべ、ちょっと恥ずかしそうな顔でわたしに手を差し伸べてほしい。勝手な考えだとわかってはいるけれど、それでも、もう一度だけチャンスがほしい。こうして終わらせてしまうには、本当にこのまま他人になってしまうには、わたしはまだ愛しているから。

59／記憶も愛も心に埋めるんだ

同じ年の生まれだけれどわたしより早い一月生まれだからオンニと呼んでいる人がいる。ある程度決まった枠の中で生きていれば楽に感じるわたしとは違い、彼女はつねに自由だ。旅立ちたければ旅立ち、とどまりたければとどまる。わたしと違う性格で生きている彼女と会って話すのは楽しい。

オンニとカフェに行ったある日、向かい合って座りひたすら話した。彼女はわたしに、家にばかりいないで外に出てあちこち行って、見たり遊んだりしなさいと言った。世界には面白い場所がたくさんあるのに、仕事だけでは時間がもったいないと残念がった。わたしはオンニとこうやって会うだけで十分楽しいよと笑って、彼女の旅行記をひとつ残らず聞いた。飲んでいたアメリカーノがほとんど空になったころ、彼女の心にずっとしまわれている愛がどんな姿なのか気になった。

「オンニには、まだ忘れられない恋愛ってある？」

彼女は一度ちょっと笑ったかと思うと、話しはじめた。まなざしが一瞬にして変わった。軽い茶目っ気は消え、穏やかになっていった。

「もちろん。ふと思い出したり、あえて思い浮かべたりする、そんな人がいるよ。彼との記憶の中で過ごしてくることもある。わたしとそっくりだった。一緒に旅行をしていて別れたんだけど、そのあと一人で旅していたら偶然再会したことがあったなあ。これは運命だと思ったっけ」

釜山《プサン》なまりの混じった彼女特有の口調だった。じっと聞いていると、なんだか思い出に入り込んでいくようだった。二人だけの記憶を盗み見ているような気分だ。

「フランスに行ったときはすごく楽しかった。その街は期待以上に美しいってわけではなかったけれど、振り返るといつも彼がいた。一緒に食べるバゲットひと切れさえも思い出だよ。記憶の中に彼がまだ住んでるんだよね。中国も、イタリアも、ドイツも。どこかに行った記憶という記憶の中に彼がいる気がする」

コーヒーを飲み終え、グラスに残った氷を食べながら彼女が言った。だから恋愛できないでいるんだと思う。世界中に一生懸命べたべたくっつけた彼との思い出を捨てたくないんだと。わたしは半分共感し、もう半分は理解できないままうなずいた。彼女の目が穏やかさから憂鬱に変わろうとしていたので、こう言った。

「でもほら、記憶は引き留めようとしたってぼやけていくものだから」

残念だけれど、記憶は時間と共に薄れていくものだ。自分を苦しめる記憶なら、わざわざ何度も思い出して自分を縛りつけるのはとてもつらい。「あのときは本当に楽しかった」と笑うだけの思い出にならないのなら、放っておくべきだ。楽しかった記憶だけを思い浮かべて、いまを嘆く必要もないし、申し訳なかった記憶だけを繰り返して、自ら憂鬱になることもない。

過去の記憶のせいで心の調子を崩すことがある。高熱に浮かされるように胸のどこかがひりひり痛んで熱くなり、悪寒が走るような冷たい恋しさで苦しまなくてはいけないことがある。泣いたりひどく体調を崩したりしながらも、それでも少し落ち着いてきたら埋めるべきだ。愛した人は消すのではなく心に埋めるもの。愛した記憶は消すのではなく流すものだ。
どうして春が訪れる前に冬があるのか、少しわかったような気がしたので、しばし冬にとどまっているオンニに、春が訪れることを信じて肩をとんとんとたたいた。終わった縁に悲しむのをやめ、もっと笑顔が増えることを願って。

心に埋めて、流すんだ。
愛した人と、愛した記憶を。

60／空いた場所は満ちるものだから

友人のSNSを開いたら投稿が明らかに減っていたので気がついた。彼女は元カレとのことを整理中だった。

恋人と別れたら、やらなければいけないことがいくつかある。まず、別れをすぐ受け入れるのか、プライドを捨ててもう一度しがみついてみるか悩む。その人との縁を完全に終わらせるのが正しいと判断したら、次の段階だ。携帯電話の電話帳に登録されているその人の番号を着信拒否し、メッセンジャーやSNSもブロックする。次がちょっと困惑もするし煩わしくもある作業だけれど、まさにそれがSNS上のその人との思い出が詰まった写真をすべて削除することだ。いっぺんに何枚も削除する機能がないので、いちいち選んで消していくあいだ、ひどくもやもやした気持ちになる。

整理中の彼女に連絡した。「大丈夫？」なんて訊けなかった。沈んだ声が、彼女は全然大丈夫じゃないと教えてくれていた。わたしの電話にも出ずに一人ぼっちでうめいていているのではなかったことだけを慰めて、話を続けた。「家の近所にできたタッパルの店がおいしかったから、いつでも遊びに来て。運動しないといけないんだけど、もう運動しようって決心するのもひと苦労。ベビープラムトマトをネットで注文してみたんだけど、おいしかったよ。試してみて」。別離とはできるだけ遠い話題を、わたし一人でまくしたてた。すると、彼女がため息交じりにひと言吐き出した。

「死にそう、マジで」

出会いから別れまでの過程をそばで見守ってきたから、どんな言葉も軽々しくかけられなかった。誰がなんと言おうと友人の側で慰めるのがわたしの役目だから、彼女のため息を抱きしめてあげたかった。

「彼の写真を全部SNSから削除したの。彼と食べたもの、一緒に行ったカフェ、展覧会、二人で見た映画のチケット、並んで撮った写真。一枚ずつ消してみたら、写真が一枚も残らなかったんだよね。ほんと空っぽになっちゃった。携帯電話にある彼の写真もまだ削除できてないし、クラウドに移してある写真だって一枚も消せてないのに、いつになったら整理して元気になれるんだろう。どうしたらいいんだろ、わたし」

空っぽになった、という言葉に込められた心情が伝わってきた。全力で愛していたその時間が、いまになってみるとなんの意味もなかったように感じるかもしれない。終わりを予想してそれに備えながら恋愛する人なんていないけれど、終わりがこんなにむなしいなんて知らないから、よりいっそうつらいのだ。SNSにあげた写真こそ削除ボタンひとつで消せるとはいえ、記憶はいつ薄れるかわからないのがさらにもどかしい。

楽しかったなら楽しかったなりに、憎かったなら憎かったなりに、頭の中に残るかけらたちが彼女をずっと悩ませることになりそうだった。

「あなた自身でひとつずつ埋めていけばいい。誰かと一緒に行ったどこか、誰かと一緒に食べたもの、そんなのじゃなくて。あなた自身で満たしていかなくちゃ。あなたの好物、見たかった映画、読みたかった本、そんなふうに。他人のせいで悲しんでばかりいるなんてもったいない。あなたはとてもきれいで大切な存在なんだから」

息を殺して泣く友人の息づかいが電話の向こうから聞こえた。つらいときに肩を貸してあげられる友人がいて幸いだった。きっとあと数日は苦しまなくてはいけないだろうし、ふいに訪れる憎しみに腹も立つだろうし、どっとあふれる恋しさに胸を痛めなくてはいけないだろうけれど、わたしは彼女がうまく耐え抜けると信じている。空っぽになってしまったようなむなしさを感じても、空いた場所は満ちるものだ。

61／縁にも体力が必要だ

カフェで作業をしていて、別れを前にしたカップルに出会った。隣のテーブルに座った二人はどちらも決心して来たようだった。真剣で深刻な雰囲気に、わたしまで厳粛な気持ちになった。軽い感じではじまった口げんかが重いテーマに進むようなものではなく、すでにひどく膿んでしまった傷を持ち寄り、壊れてしまった姿を見せて会話を続ける二人がいた。

酒好きの男と、連絡を重要視する女の恋愛のようだった。他人の恋愛話を露骨に聞くのは失礼にあたると思ったので、イヤホンを取り出して音楽を聞いた。ちらっと聞こえたのは二言三言だったけれど、つねに連絡を待っていた女の胸中は見当がついた。連絡の頻度を愛の総量に換算はできないけれど、連絡する努力が愛情を測る尺度にはなりうるのだ。

行かないといけない会社の飲み会の席で、いつでも携帯電話を出して見ることができない状況なら、どうして連絡をあまりしないの、と寂しがる必要がないのはよくわかる。皮肉なことに、メッセージも読まず返事もなく、電話も出ないという状況は、会社の飲み会ではなく友人との親睦の集いで頻繁に発生する。「彼女に主導権を握られている姿を見せたら、男だけの世界では情けないと思われる」「彼氏に慌てふためくきみの様子がもどかしいと女友達に難癖をつけられる」なんて理由を言ったりもする。

はたしてそれが正当な理由かはわからない。言い訳のようなものだと思う。夜遅くまで酒を飲んでいたら、恋人としては心配になって当たり前だ。相手の心配を減らすための行動は基本的な礼儀だ。主導権を握られているという表現や、慌てふためくという単語には、「自分がいま置かれている状況を伝えてあげる」という意味が含まれていない。

私に届いたメールにこんな内容のものがあった。小学校のころからの友人と晩ご飯を食べると言っていた恋人が、二次会のあと連絡がとれなくなったそうだ。翌朝遅くなってやっと、昨夜はそれどころじゃなかったという連絡が来たらしい。久しぶりに会った友人と話していたから電話を受けられなかった、と男は説明した。そして、二十年来の友人なんだからわかるだろ、と苛立ち混じりに吐き捨てるから結局けんかになった、という悩みを彼女が吐露していた。

愛と友情を天秤にかけることとは別の種類の問題だ。なのに、男は彼女を心の狭い恋人に仕立てあげ、逆に腹を立てていた。友人と友情を確かめているのにどうして理解できないんだと、話のポイントを自分勝手に変えてしまったのだ。彼女が恋人に腹を立てたのは、電話をとれなかった状況そのものに対してではない。数通のメッセージに数回の電話の着信音、さらに数度の留守番電話メッセージ、そのすべてを無視されたという事実に対してだ。トイレにも行き、違う飲み屋へ移動もし、家に帰ってくる瞬間だって、返信を一通送る時間は十分あったはずだ。ささいだけれど欠かせない、恋人への配慮がまるでなかったことが彼女を苦しませていた。

そもそも、縁の維持に必要なのは努力だけではないと感じている。縁を守るにも体力が必要だ。決まった時間に食事をして適度に運動をし、生きていくのに必要な栄養素を摂ることと似ている。愛している、ありがとう、幸せだよ、そんな愛情のこもった表現を惜しまず、恋人同士であれば当然守るべきことを守って、縁の体力を維持し、また育てなくてはいけない。一人でできることではない。自分だけが努力したり愛情表現したりしたからといって、縁の体力は上がらない。片方だけの努力は残念なことに、より早い愛情の枯渇を招くことになる。

書き終えないといけない原稿のスペルチェックが終わるころ、隣の席の男性が座ったままうつむき、女性が席を立って出ていくのを見た。体力が尽きた縁の終わりはいつもただほろ苦い。

62／潜水別離と乗り換え別離

いつもと違うあなたの様子でばればれだった。デート中、あなたが携帯電話の液晶画面を見えないように伏せていたとき。会社からの帰り道でわたしに連絡するのを忘れなかったあなたが、友人とかいう誰かと電話していてうっかり忘れたとき。わたしの送ったメッセージはまだ読んでもいないのに、SNSにあがったあの女の写真には「いいね」を押していたとき。SNSに興味がないと言っていたあなたが、あの女の過去の投稿まで目を通し、まだいいねを押せていなかった写真を探し出しては「いいね」しているのを見たとき。わたしは予感した。わたしたちの最後はめちゃくちゃになるんだろうな、元気でねと笑って挨拶を交わすような別れじゃないんだろうな。

誰かと唇を重ね、息づかいを分かち合うだけが浮気ではない。心の中心を他の女に移した瞬間からだ。最悪になっていくあなたの姿を、わたしはただ眺めていた。いまさら弁明はしたくないから正直に言うけれど、わたしはほんの少し期待していた。もしかしたら、その揺れを引き締めてわたしに集中してくれるんじゃないか、以前のあなたに戻るんじゃないかと待っていた。

悪いのはあなたで、罰を受けるべきなのもあなたなのに、おかしくなっていったのはわたしだった。メッセージに返信がないと想像するようになった。仕事のあと近所の友人に会うというあなたからの連絡を信じず、疑うようになった。SNSであなたの動きをストーカーのように観察し、あなたと連絡をとっているらしい女のアカウントまで見にいくようになった。自分が壊れつつあるのを感じながらも黙っていた。めちゃくちゃなあなたを放り出せないという罪で、自分がめちゃくちゃになりつつあるのを感じていたわたしの気持ち、あなたは理解できないだろう。

わたしと別れたいのに、別れようという言葉をもちだすのが気まずくて、あなたが手を焼いていたのを覚えている。別れようとわたしが言い出すのを待っていたあなたに、一刻も早く別れを言うことはできなかった。別れるべきだと頭ではわかっているのに、手放すのは骨が折れた。数えきれないほどためらい、揺れているわたしを無視でもするように、あなたはわたしからの連絡を避けはじめた。電話に出ず、メッセージを読みもしなかった。わたしはもしかしたらと思って連絡を待ち、メッセージを確認した。美しい別れではないとしても、顔を見て別れたかったのに、潜水別離だなんて。あなたはわたしを最後までみじめにした。

信頼が消え失せると愛の重さも軽くなると思っていたのに、違ったみたいだ。別れを認めた瞬間からいままで、痛いという言葉では足りないほどに胸が痛い。食事中に涙が流れたこともある。会社からの帰り、歩いている途中でしゃがみ込んで泣きたくなる。

見ちゃだめだと思いながらもあなたのＳＮＳを見にいって、すぐに後悔した。とうとう、あなたと並んで笑うあの女の写真を見てしまった。その女のＳＮＳでもあなたが笑っていた。わたしと別れたとたん、すぐさま付き合いはじめたのを確認した。悲しくもなかった。もう失望することもなかった。乗り換え別離という単語で簡単に表現したところで、崩れそうなわたしの気持ちが伝わるかはわからない。どうして別れたのと訊いてくる人たちに、ただ性格が合わなかったのと言いながらも、こみあげる悲しみに、わたしは日に何度も崩れ落ちている。

あなたは最後まで上手に隠してきれいに別れたと思っているだろうけれど。本当は全部わかってた。二人のあいだにひびをつくったのは、あなただってことを。

63 ／ 婚約破棄、おめでとう。

友人が婚約を破棄した。当日まで十日もなかった結婚式もキャンセルした。電話で婚約破棄を知らせてきた声は、わたしの心配に反して平然としていた。新居や揃えた家財道具もすべて処分するつもりだと彼女は言った。式をキャンセルした違約金も解決せねばならず、結婚式という行事のために準備したもののすべてをキャンセル中だそうで、思ったより煩わしいと言っていた。それでも結婚式の準備よりは暇だと笑ってもいた。心配声のわたしをむしろ励ましながら、わたしは大丈夫と彼女は笑った。

五年付き合ったその男と生涯を共にしたいと思っていたのに、その気持ちがすっかりなくなるほどのつらさを、わたしなんかが理解できるわけがない。わたしたちはもうすっかり大人になっているから、世間をよく知らない幼いころに、一途に夫婦になりたがるような、そんな単純な思いだけで結婚を決めることはできなかった。まわり

の人妻たちにしょっちゅう結婚の現実を聞かされ、離婚を決めた後輩の結婚生活についても聞いたことがある。そのせいもあって、結婚というものにより慎重になるのは当然だった。彼女は婚約破棄の理由を教えてくれた。恋人の無関心（무심＝ムシム）だった。ハングルの무심を漢字で書くと、ないという意味の무《ム》（無）と、心を意味する심《シム》（心）で成り立っている。辞書に定義されているこの言葉の意味は、「なんの考えも感情ももたず、他人の心配をしたり関心をもったりしない」だ。

新婚夫婦の家財道具にするスプーンのデザインひとつにまで口を出す将来の義母も、大企業に勤めるうちの息子がおまえと付き合うなんてもったいないといつも言葉尻につける将来の義父も、全部我慢できた。そんな彼女が婚約破棄をもちだした理由は、その状況をなんとか耐えている彼女の苦しい心の内に共感することもできず、気をつかいもしない彼氏の無関心のせいだった。

結婚は二人の優劣を競う関係でも、成績をつけて順位を決めるものでもない。それなのに、彼の両親は息子と彼女を比べる振る舞いをさんざん見せたそうだ。いわゆる名門大学出身の友人は、「せっかくいい大学を出たのに、いいところに就職できないなんて残念」と言われた。そして、うちの息子は大学はちょっと劣るけれどいい会社に就職したと自慢げに言うのを聞き流した。家族になるかもしれない人たちだから、その程度は当然理解してあげられると思っていた。交際中に言われて不快だったそれらの発言を、取るに足らないと彼女が問題にしなかったことがはじまりで、結婚の準備中は彼の両親に会うとほぼ毎回、そんな話を聞かなければならなかった。

それでも彼女は、彼の両親の失礼な振る舞いを承知のうえで、結婚できる理由をひとつでもつくろうとがんばっていたようだ。結婚生活は二人でするものだし、義理の両親と会うのはときどきにすれば十分耐えられるという考えが大きな間違いだった。愛する男の口からも、彼の親とまったく同じ言葉が出てきたのだ。男の親に会うたびにこわばる彼女の表情に関心がなかったのか、男の常識では親の言い分を失礼ではないと思ったのか、それはわからない。希望の会社にやっとのことで転職した彼女に対して、男は彼女がもっとも嫌うひと言をわざわざもちだしてしまった。

「だから、いい大学を卒業したからってなんだよ、結局就職もうまくいかないじゃないか、おまえのガッコ」

男は、自分の親の口から出るとんでもない発言のせいで彼女が窮屈な思いをしているのに、それを理解しようとしたことがないのだろう。義理の親になろうという人の言葉が気に障ったと彼女が言うと、「何を言ってるんだよ。別に間違ってもないし」と、たいしたことないというふうに流していた。それが彼の本心だった。彼女が味わった寂しさや悔しさを、まるで知ろうともしていなかった。

縁を終わらせる原因は、不倫をしでかしたとか暴力がひどいとか賭博といった極端なことばかりではない。他人からしたら重大でない問題が理由になったりもする。薄い紙も重ねれば厚みのある塊になり、ごく小さな土くれも集まれば高い丘になるように、小さな痛みも積もり積もれば致命傷になるのだ。

結婚前にわかってよかったと友人は言った。そして、気の短い義理の両親や、妻の気持ちもわからない夫と生涯を共にしなくてもいいから嬉しいと笑った。週末に会っておいしいものでも食べて甘いコーヒーも飲もうと彼女と約束した。いざ会ったら、どうしてこうなったんだろうと彼女が悲しんで泣くかもしれないし、彼らが悪かったんだと腹を立てるかもしれない。わたしはただ一生懸命聞いて、涙を流したらティッシュを渡してやり、腹を立てたら肩を軽くとんとんとたたいてやらなくては。終わり

は悲しいけれど、終わらせたのはすごくよかった。いい選択だったと、よくやったと
言ってあげなくては。

無関心（무심）：
ないという意味の무（無）と、心を意味する심（心）
なんの考えも感情ももたず、
他人の心配をしたり関心をもったりしない

64

／

恋しさ、おまえだけが残っているんだね

縁の結末はこんなにも複雑な気持ちなのかと感じている。ありがとうと笑って背を向けようにも未練が足首を掴む。あなたがとても憎い、耐えられないと言って背を向けて歩こうにも思い出が手を掴む。それでも縁がなかったと強く振り払って歩き出す、ひどくやるせない別れだった。

あなたからもらった幸せ、喜び、ときめき、愛、そんな楽しい感情が数えきれないほど思い浮かんでは沈んでいった。あなたがくれた憎しみ、不安、恨み、寂しさ、そんなたくさんの悲しい感情が思い浮かんでは騒々しく沈んでいった。少し時間が経つと、あなたにしてしまったことへのいくつもの申し訳なさがにゅっと水面に顔を出し、心をひっかき回してから沈んだ。

感謝、憎しみ、後悔、恨み、喜びが
ごちゃごちゃに混ざり合った。
すっかりめちゃくちゃになった感情たちが
ひとところで混ざり合って静まり返ると、
ぽつんと残って沈んでいるものがあった。

恋しさだった。

＃04

その人とのもつれを抱えて
進もうと思うなら。

——人間関係のせいで自尊心が低くなるとき

他人のせいで自分を見失わないこと
誰よりも自分の心をまず覗いてみること

65 ／ これからも友達なら

親友でもある恋人を除くと、わたしには五人の友人がいる。構成は、同い年が二人、オンニが二人、トンセン*が一人だ。高校時代から付き合っている友人もいるし、成人してから文学の集いで出会ったオンニもいる。趣味や食の好みは全員違うけれど、かなりの時間を一緒に過ごしてきて窮屈だったことはなかった。きっと互いのために合わせていくのがなによりも楽しいからだろう。

気質や性格の違いは大きな問題ではなかった。合わせていくことのほうが喜びは大きかった。わたしはオンニと一緒に酒を酌み交わせなくても、彼女が酒を飲みながら語る悩みを慰めることはできた。旅行が趣味の同い年の友人は、あまり行ったことのないわたしのために、近くの観光地から一緒に行くことにしてくれた。

スケジュールを重要視するトンセンと遊びに行ったときは、決めた時間に次の目的地へ出発しようという約束を守った。性格や習慣が最初からパズルみたいにぴったり合う友人はいなかった。自分ではない存在は自分と違って当たり前、と認め合った関係だ。自分のやることが正解ではないし、自分のやり方に全員が従うべきという考えをひっこめること、それが友人関係でもっとも重要だ。

大概のことは自分が我慢したほうが楽だと思って、結ばれた縁をずっと続けていたことがある。「わたし、もとからこんな性格なんだ」と理由をつけて、自分に合わせてほしいと言う人がいた。短刀のような言葉を平気で言っては、「もともと率直な性格なの。はっきり言うほうなんだよね」と流す人がいた。「率直な」という表現にラッピングされた鋭い言葉に傷つくと、わたしが心の狭い人だと思われた。

友人だからと信じて話したわたしの痛みが弱点になったりもした。親しかった人が、話に尾ひれをつけて他人に話して回るさまを、ただ見るしかなかった。わたしの欠点を心配するふりをしながら非難し、「どれもこれもあんたが心配だと思って言ってるの」と言う人もいた。わたしのための苦言だと言っては、失礼なことを当然のように吐き捨てた。

＊トンセンは実妹・実弟を呼ぶ際の呼称で、転じて自分より年下の女性・男性を親しみを込めて呼ぶ際にも使われる。

人間関係で振り回されたり傷ついたりもしながら出した結論は、「単に付き合いが長いからといって、それが縁を維持する理由にはならない」というものだ。平気でわたしを傷つける人や、それとなく見下してくる人を、友人だからといってあえてつらい思いをしてまでつなぎとめておかなくてもいい。ほどよい距離を保ちつつ、友人ではない、ただの知り合い程度に付き合うのが自分のためだ。

「わたしはもともとこうなの」

そんな言い訳をして関係を続けるには、迷惑な点を直す気のない人がいる。傷つける言葉を考えなしに言い捨てながら、もともとこういうふうに話すタイプなんだと言ったりする。誰かと友人関係でいるということは、もともとそうだったとしても「きみが気になるなら直すよ」と心がけるのが正しい。自分のことしか考えない状態から脱して、友人という存在との過ごし方に思いをはせるべきだ。

長い付き合いという理由だけで、懸念や悲しみを甘んじて受け入れる必要はない。これまでの幸せな記憶に申し訳ないと思わなくてもいい。これからの自分がより笑顔でいられる決定をするのが賢明だ。人間関係で重要なのは、知ってきた時間ではなく、知っていく時間で自分が幸せかどうかだ。

その人を知ってきた時間ではなく、
その人をより知っていく時間で自分が幸せかどうかが、
その人との関係でもっとも重要だ。

66／断りながら生きていく方法

さまざまな人と付き合ってみて、賢く断りながら付き合うことが必要だとわかった。それまで生きてきて拒絶の必要性を理解してはいても、行動には移せなかった。相手の気持ちをまず考慮しようと努めていたし、どうせなら自分が苦労したほうがましだと思っていたからだ。わたしがもっと理解すれば、もっといい関係を保てると信じていたのに、現実は違った。

自分になんらかの利益が返ってくるべきだと思っての行動ではないけれど、少なくとも感謝の言葉は受け取りたかった。残念なことに、拒絶できないイエスマンのわたしに返ってくるのは、「感謝」ではなく「当然」だった。どんな頼みも承諾することに慣れて生きてきたせいで、わたしの肯定は彼らにとって当たり前になっていた。簡単に断れない対価は、かなりほろ苦いものだった。

「あの人は優しいから、頼んでもかまわない」

優しいという言葉は決して悪い意味ではないのに、いつからか「扱いやすい人」という意味に変質していた。使いやすい人だから人の頼みを聞いているのではない。断らずに聞いてあげれば、互いにとってプラスになると思ってはじめたことだ。他人を気づかうそんな心を後悔に変えさせてしまう、自分勝手な人たちがいる。配慮を好意ではなく権利として把握するような成熟できていない人たちのせいで、関係に問題が生じる。

知らないふりをしてやり過ごしたり、一回だけ目をつぶるからといって、自分が期待するいい方向へは残念ながら進まない。人は予想以上に気楽さにすぐ慣れてしまい、感謝をいとも簡単に忘れる。だから、断ることが少し気まずくてモヤモヤするとしても、自分のために勇気を出して言う必要がある。「今回だけ我慢しておこう」とやり過ごすほどに、小さな悲しみがひとつにまとまって大きくなっていく。たったいま生じた感情よりも、長いあいだ寝かせておいた感情のほうが強く迫ってくるものだ。積もってしまうのを放っておいて、あとになってドンッと破裂したら、人間関係そのものに大きな疑いを感じるようになるかもしれない。それよりは、いままわりの人たちから寂しさ混じりで何か言われても、自分のために拒絶を練習するべきだ。

生き抜くこと自体すらもよくがんばっている自分自身に、他人からのストレスまで追加する必要はない。誰かの頼みを断ったという理由で悪い人になることは絶対にない。あなたの美しい心が傷だらけになる前に、小さな防御壁をひとつ積み上げる練習をしなくては。みんなに優しくする必要もないし、みんなに好意を無条件に施さなくてもいい。その美しい気づかいを誰彼かまわずかけないでほしい。人がいいと言うものがいいのではなく、自分がいいと思うものがいい、という考えを決して忘れてはいけない。

誰がなんと言おうと、
この世でいちばん大切で重要なのは
あなただから。

67

コーヒーが好きだから飲む量を減らした。

コーヒーが好きだから飲む量を減らした。胃が悪くなったせいで、日に三〜四杯飲んでいたころのようには飲めなくなった。好きなコーヒーを飲み続けたいから、ときどき、そして少しだけ飲んでいる。

好きなものと長く一緒にいるためにはほどよさが必要だ、とよりいっそう感じている。刺激的でもなく、熱々でもない温度で、好きな人のそばにいる方法について考える。それはたぶん、面白みがなくてぬるい間柄だけど、だからこそ、より長く一緒にいることができる、そんな関係を願う。

コーヒーが好きだから、
飲む量を減らすしかなかった。

68／無礼な人から離れること

彼氏ができるかもしれないと後輩がしばらく前に言っていたのだが、不愉快なことがあったから話を書いてくれという電話があった。彼女は先輩からある男を紹介された。いい人そうだったので何度かデートして、趣味が似ていたり彼が面白い性格だったりしたので、いい縁になりそうだと思っていたそうだ。

だが、何度か会っているうちに、その考えが間違っていたことに気がついた。その男は開放的すぎる思考回路の持ち主だったのか、後輩にはそれとなく気に入っていると言いつつ、元カノの話をもちだしたのだ。恋愛で重要視している信念を明らかにする例として別れた理由を話すのなら、ある程度理解できる。だが、とんでもない方向から話をもちだしたのが問題だった。元カノが卒業した海外の大学の学閥や職業を、まるで自慢するように話したらしい。こんな女と付き合ってたぐらい自分はいい男なんだと強調したのだ。続く自慢話がぶざまだった。美人でスタイルのいい知り合いの女たちと飲んだ高い酒を列挙したそうだ。生きていくうえでの信念や考えではなく、美人を何人も知っていて高い店で酒を飲んだという経験談を並べ立てる男を、好意的に見る人はほとんどいないだろう。

すぐさま蹴飛ばしてその場から立ち去ることができずに、最後まで聞いていた自分にいちばん腹が立つ、と後輩は言った。初対面の印象がよかったのを信じて、彼を理解しようとしたのがバカみたいだったと訴えた。

人は、肉体の年齢と同じだけ精神が成熟するわけではない。精神年齢は時間が経ったからといって増えるものではないから、実際の年齢よりも精神年齢がはるかに幼い人と出会うこともある。物理的な年齢は年が明ければ自動的に一歳増えるものだけれど、内面が一歳ぶん年をとるには、一年ではなく三年、五年かかることもある。後輩が紹介された男は、物理的な年齢だけで人生を生きているのだろう。

精神を成熟させるために瞑想や厳しい修練は必要ない。簡単な自己分析や反省程度で十分だ。深く考えることをほとんどせずに過ごすのに慣れてしまうと、後輩が出会った男のように相手の気持ちに配慮しなくなり、自分の言葉が誰かに与える余波を予想する力もないほどに未成熟で無礼な人になりがちだ。

世の中にはいい人のほうが多い。地下鉄に乗ってみても、誰かを気づかうのが習慣になっている人がほとんどだ。妊産婦配慮席[*1]を自然に空けておいたり、人の多い地下鉄で乗り降りする際に横の人とぶつからないように避ける様子でわかる。言語生活[*2]や人間関係でも同様だ。体をすっとずらして避けるように、ぶつかりそうな言葉は口に出さず、相手がつらいときは休みながら進めるようにワンテンポ遅くして、話を聞いてあげればいい。

ときに意図せずして出会う未成熟な人のせいで、気を揉んで苦しまないでほしい。彼らがもたらす不快感を傷にしないために、果敢に断ち切る方法を知っておくべきだ。彼らが意図しようとしまいと軽い気持ちで投げた軽い言葉を、重く受け止めてもいけない。どうしてこんな人と出会ったのかと自分を責める必要はもっとない。人を短時間で把握するなんてなによりも難しいことなのだから、気づかなくて当然なのだ。

すべてを肯定的にばかり理解しようとせずに、未成熟で何度も自分を不快にする無礼な人なら、思いきって一線を引き、距離を置くのが正しい。

自分を何度も不快にする無礼な人には
思いきって一線を引き、十分な距離を置くこと。

＊1　公共交通機関の座席の一部に設けられている妊産婦のための優先席。
＊2　話す・書く・聞く・読むという言語の面からとらえた人間の生活。

69

人間関係にも安全な距離が必要だ

他人とはほどよい距離が必要だと考えているので、わたしは自分の基準に沿った距離を保って生きている。会社の同僚に対しては、プライベートな部分まで見せて親しく付き合う必要がないので、彼らに対するほどよい距離とは、かなり遠いことを意味した。

個人的に嬉しいことがあっても詳しい話はしないし、よくないことがあってもひと言も言わない。「今日はちょっと気分がいいんです」とか、「今日はちょっと調子がよくないんですよね」と言うぐらいだ。話すことといったら、たいていはポータルサイトで上位にある話題や天気の話だった。彼らに自分のことを話して聞かせないし、わたしも彼らのプライベートについて聞かない。単に同じ建物で働いている人としてだけ付き合うのが楽だった。そんなわたしの態度を、壁をつくりすぎだと寂しがる同僚もいたし、一緒に働きやすい性格だ、返って楽だと歓迎してくれる上司もいた。

友人と呼べる人に対するほどよい距離は、かなり近い。つらいことがあれば話を聞いてほしいと言って弱音を吐くことができ、嬉しいことがあったら真っ先に知らせて一緒に喜ぶ、そんな間柄だ。ささいな悩みを隠さなくていいし、考えを言う際に顔色をうかがわなくてもいい。

同じ学校を卒業しただけで、しいて友人という縁はつなぎたくない学生時代の同期に対して保つ距離は、また違う。会社の同僚と同じぐらいだ。元気だったかという問いに元気だったよとだけ返して、今度食事でもという言葉に大きな意味を置かない。

実際、人間関係のほどよい距離を正確にとるのは難しい。わたしにとってはちょうどいいと判断できる距離が、誰かにとっては度が過ぎるかもしれないし、違う誰かにとっては足りなすぎたりもする。昔はその判断基準を他人に任せていたとしたら、いまは自分の気持ちを基準にしているので、気持ちがかなり楽になった。他人の気分に合わせて行動しなくてもいいし、他人の主張に振り回されなくてもいい。

「わたしがこうしなければ相手が寂しがるかもしれない、あの人が自分の胸の内を話しているんだから、わたしも話してあげないといけない気がする」

自分ではなく他人の気分に合わせてほどよい距離を調節していたころは、実際は幸せではなかった。窮屈だったし、寂しくなることのほうが多かった。

「人の話をすぐ口外する人だから、本心は言わないようにしなくちゃ。慰めるふりをして心を刺激するようなことをあれこれ言うのを聞いたから、個人的な話はしないでおこう」

誰かではなく、自分の気持ちだけを基準にした距離を設定することで、気持ちがかなり軽くなった。本心を見せて近寄ったからといって、本当の意味で近づいたわけではないと知った。分かち合う悲しみが弱点になり、喜びもまた分かち合うと嫉妬になって飛んでくるという経験もした。人間関係で傷つくのをやめたいから誓った。すべての人に対して同じ基準で心を許さない、と。

多くの人が人間関係で心労を感じ、傷つき、転びながら生きていく。生半可に心を許したから失敗したということでもないし、相手を信じすぎたのはバカみたいだとい

＃04

その人とのもつれを抱えて
進もうと思うなら。

うことでも決してない。もうちょっと壁のある人として生きてもいい。誰よりも、もろくて優しいせいで、これまでにこびりついた悲しみが多いから、これ以上わざわざ人から新たな悲しみを受け取る必要はない。

すべての人に親切でなくてもいいし、すべての人と距離を縮めなくてもいい。ほどよく近く、ほどよく遠く、そうやってあなたの人生を生きていけばいい。十分に安全な距離を保って。

十分に安全な距離を保って、
ほどよく近く、
ほどよく遠く。

70 ／ 人の輪の中にいても孤独を感じるとき

「真の忠告とは、忠告すると同時に自分の胸が痛まなくてはいけない」という一文をインターネットで見てから、ずっと心に抱いていた。誰かと一緒にいても孤独を感じる理由がわかる気がした。知人たちからさまざまなお節介を受ける日がある。わたしのためを装って痛いところを遠回しに傷つけてくる言葉や忠告を聞いた日は、気分がめちゃくちゃになって沈んだものだ。人生という巨大な氷山の全貌は見ずに、海の上に出ている小さな部分だけを見て、それは違うと口を出す人がいる。

心が未成熟な人の投げた言葉に、気持ちをふらつかせることはない。偽物の忠告に、もうだまされないようにしなくては。

すでにうまくやっているということだけを忘れなければいい。

71／わたしの心配はしないで

がんばって積み上げた自尊心が、一瞬にしてガラガラと崩れ落ちたことがある。スピーチ講座のさなかにそれは起きた。面接を控えて授業を受けに来た受講生がいた。自己紹介すら手こずっていた彼女をその日最後の枠に調整して、本来の授業時間よりも長く行った。面接はまさに翌日だったので、手伝える範囲ですべて教えてあげようと努めた。最後まで念押しする点や、人間性を見る面接で重要な点について再チェックした。授業の終わるころ、彼女が言った。

「不規則な仕事のせいか体調が悪そうですよ。先生も安定して働ける仕事を探したほうがいいんじゃないですか？」

そして、熱心に教えてくれて嬉しいけれど、遅くまで仕事をする姿が哀れに思えると心配された。こんなことしないで、もっている経歴で会社に勤めてみてはとアドバイスしてくる彼女に、大丈夫となんとか笑って答えた。面接がんばってという挨拶と、合格の連絡を待ってるという応援を最後に、授業を終えた。

帰る道すがら、ガラスに映る自分が少し哀れに見えた。朝から晩まで食事もろくにとれず、遅い時間まで話すから喉が痛かった。言葉を学び、言葉を教え、物書きをする人生を哀れに思ったことのないまま生きてきた。最善を尽くしている仕事を「こんなこと」と言い表されて情けない気分だった。わたしを哀れに思う他人の視線のせいで、わたしは不憫な人になりつつあった。自分を好きになるために努力してきたこれまでの時間に、ひびが入った瞬間だった。

大丈夫になるのはとても難しかった。自分は大丈夫だと自分だけが言ったからといって、実際そうとは限らない。どんなに当事者が大丈夫だとしても、そう言っている人を哀れだと思う人の前ではひたすら萎縮してしまう。ときには気の毒そうな同情のまなざしに傷ついたりもする。人の足りない点や痛い点を見つけだしては無理やり慰めようとでしゃばる人は、はたして心から心配してその言葉を発しているのだろうか。当事者は本当に大丈夫で元気に過ごしているのかもしれないのに。仮に大丈夫じゃないとしても、人に言いたくないからおくびにも出さずにいるのだ。わざわざ不快な点をもちだす必要はない。

五十歳を軽やかに飛び越えた父方のおばは未婚だ。一生懸命勉強していい大学を卒業し、大企業に就職した。誰よりも必死に生きてきた彼女だけれど、結婚をしなかったという理由で大勢からつねに心配されているそうだ。どうして結婚しないのか、子どももいなくて一人きりで年をとってどう生きていくのか、いまよりもっと年をとったら心細いだろうにどうするつもりなんだ、そんなくだらない干渉が多かったようだ。

彼女は子どもがいないので、姪っ子たちとの交流が比較的盛んだ。時間が合うとよく姪たちを連れて海外旅行に行く。自分自身をケアする時間がたっぷりあるので、同年代の女性に比べて肌の状態もいい。しばらく前からは個人事業主として安定した経営を行っている。ソウルに本人名義の家があり、高級外車も所有している。経済的にも安定していて、趣味もあり、楽しく暮らす中年女性だ。夫や子どもがいないことは悲しかったりみじめなことではないのに、人が痛ましそうな視線で見るせいで、自分の生き方が間違っているのか悩んでしまうこともあると彼女は言った。他人の余計な心配のせいで、がんばって生きてきた彼女の人生そのものに対する懐疑心が生まれたようで、見ていて気の毒だった。

人が二人以上集まれば言葉をかわすものだけだけれど、思いや悩みをあえて分かち合いたがらない人に無理やり悩みをつくらせる人がいる。心配だからと言って他人に差し出がましく口出しをしなくてもいい。ただ生きていくだけでも十分に難しい世の中だ。わざわざ他人の心配まで新たにつくってあげる必要はない。

誰かが、あなたを心配していると言い訳しながらあれこれ言ってきたら、笑ってこう返せばいい。

「わたしの心配はしないで」と。

72／いまのままでも十分

日曜日の夜遅く、友人から連絡が来た。セミナーのためにソウルに来たら、わたしのことを思い出したそうだ。なんとなく会いたいと言うので、わたしもなんとなく笑顔になった。古くからの友人同士で、「なんとなく」という表現ほどふさわしいものはない。とくに何か理由があるとか用件があるとかではなく、本当になんとなく。元気でいると元気でいるなりに思い出すし、苦労していると苦労しているなりに思い出すのが友人という存在だ。

別の地域に住むわたしたちは、ときに思い立って連絡をとる。毎日連絡をとり合って、何を食べているのか、元気でいるのか、根掘り葉掘り話さなくても親しい、そんな人がいる。彼女のことを考えると、縁とは本当に不思議だと思う。わたしにもよく顔を合わせる同僚たちがいて、彼女にもまた毎日会う会社の同僚がいるけれど、そこまでの関係だ。よく会う人というところで一線を引いて、胸の内を分かち合う友人としての場所は渡さない。

二人の性格が変わっているのかもしれないけれど、寂しいとかつまらないとはとくに感じない。「今日はイマイチな気分なんだよね」なんて言いながらサンダルをつっかけて会う友人が近所に住んではいないけれど、「なんとなくさ、今日会いたいよね」のひと言ですべて分かち合える相手がいるから十分だ。

以前、彼女がこんな話をしたことがある。

「子どものころは人といれば寂しくない気がしてよく一緒にいた。でも、そこそこ大人になったら変わったんだよね。人と会うからってただ楽しいだけでもないし、さりげない自慢も気づかないふりしてうらやましがってあげないといけなかったり、冗談交じりにバカにされてもクールに受け流したり、そうまでして自分の時間を使うのがすごく嫌になった。そう考えるようになってから誰かと会うのが好きじゃなくなったんだと思う。誰かと会って時間を使うのがもったいなかった。でもユウンといると楽でいい。お互いの人生にほどよく無関心で、お互いをいつも応援していて、ずっと信じていて、これはもう、十分すぎるぐらいの友情だと思う」

わたしも同じようなものだ。学生時代に知った人間関係の暗い側面のせいで、友人という存在に大きな意味を置いていなかった。近づいては遠ざかるのが人間関係だった。友情はわたしが学んだ単語の意味とは違って、うわべだけのものだった。思った以上に人の心は流動的で軽かったし、わたしもまた人間なので、人と人のあいだに生じる友情というものは期間限定の感情だと思っていた。友人を紹介するときに「家族」と表現しているのを聞いても共感できなくて、血縁関係である家族と友人を区別できないことが理解できなかった。

そんなわたしにも、出会って二十年になろうという友人がいる。わたしの家族という表現はなじまないし、「わたしのすべて」なんて誇張した表現は嘘をついているみたいで嫌だ。ただ、心を見せることのできる、自分のような人と言い表したい。「元気だった?」という問いかけに、無理に元気なふりをしなくてもいい、本当の友。至らない姿は至らないままで受け入れ、かっこいいところはかっこいい姿そのままを褒める関係だ。どんなこともうまくやり遂げるとお互いに信頼している。つらいときも一緒に悩み、応援してくれる相手がいると信じて過ごしている。

以前遊びに来たときに家の冷蔵庫の中を見たらしく、常備菜をつくって送りたいというメッセージが彼女から届いた。その気持ちだけで嬉しいと返した。わたしはきちんと食べてるから、あなたも食べてねと言うのも忘れなかった。すぐさま返信が来た。

「あんたは上手に生きてるよ。だからもうちょっとだけがんばろう、わたしたち」

メッセージを読んだらものすごく幸せになった。もっと一生懸命生きたい理由がもうひとつできた。きちんとできてるよという応援のひと言が、わたしをより強くしてくれた。

いまのように、そのまま生きていけばいい。きちんとできているから。

あんたは上手に生きてるよ。
だから
もうちょっとだけがんばろう、わたしたち。

73
重くて固い関係

ちょっと重いのがいい。軽く親しくなって重くない会話で気楽に過ごす関係より、ひりひり痛む傷の一部を見せることができて、思いをひとつ分かち合える関係がいい。つくり笑顔でないといけないせいで会うと疲れる人たちより、思いきり泣いても笑ってもかまわなくて、気持ちをほのめかすことのできる一人のほうがいい。

いつ結婚していつ子どもを産むのかという、聞かれたこちらが疲れる心配ではなく、今日の夕食はきちんと食べたのか、サプリメントも忘れず飲みなさいという優しい心配のほうがいい。

心の結びつきが固くて重いから簡単にぐらつかない、そんな関係がいい。

74／心配で包んだお節介は聞き流すこと

知り合いのオンニや少々年上の知人に会うとよく言われる。若いうちは遊んだもん勝ちだ、思う存分遊んでおけというアドバイスだ。わたしの年齢をもう一度確認すると、ほとんどの人が冗談交じりの口調でこう言う。

「人生は短いんだ。そうやって引きこもって仕事ばっかりしてないで、もっと遊んだり旅行したりしなさい」

わたしにとって運動は治療目的で行うものでしかない。趣味は本を読むことだし仕事も本を書くことだから、周囲の人のほとんどは、わたしのためを思って愛情に満ちた心配をしてくれているのだろう。いまはもう、そんな言葉を聞いたら笑いながら上手に流してしまうけれど、以前はどうやって遊んだらいいのか悩んだこともあった。

タバコを口に触れさせてみたこともなく、酒はほとんど飲まないし、旅行ときたら家族と毎年夏に行くだけ。ストレスが解消するからって発がん性物質の塊らしいタバコを口にしたくはなかった。苦い酒を飲んだからってほろ苦い人生が甘くなるわけではないと知っているから遠ざけた。すぐさまひらりと旅立つには責任を負っている仕事が多すぎ、現実から簡単に踏み出せない理由がいくつもあった。

一歳でも若いうちに遊んでおけと先輩方にアドバイスされたけれど、楽しく遊ぶとはどういうことなのか、具体的に理解しにくかった。オンニが連れて行ってくれてスタンディング席で見たある歌手のにぎやかなコンサートは、楽しかったけれど体力があっという間に枯渇して、一刻も早く家に帰りたかった。友人が紹介してくれたいい雰囲気の飲み屋は、人が多すぎて落ち着かなかった。先輩がすすめてくれたソジュ〔韓国焼酎〕とビールを混ぜた爆弾酒《ポクタンチュ》は、おいしくもなく心配を解決してもくれない、ただの苦い酒だった。

好きな歌手のバラードを一曲繰り返しかけっぱなしの部屋で、いつもと違う甘ったるいスティックコーヒーを一度に二袋ぶんつくってごくんと飲み、何度となく読んだ詩集を開く、これがわたしにとっての娯楽だ。屋外をうろうろするのは好きではないし、同じ遊びなら静的な活動のほうが好きなので、このうえなく楽しい時間だ。

若いのに楽しく遊べなくてあせった日があった。大勢と付き合うのは楽しくないし、酒を飲みつつ会話する席には参加したくなかったし、うるさくて華やかな場所にいるとわたしのメンタルまで騒々しくなるようで、居続けることができなかった。いつしかわたしはまわりの人たちに、「つまらない人」という烙印を押されていた。

愉快な人になりたくて、何度かは外に出て他の人のように遊ぶ努力をしたけれど、すればするほどわかった。性格がみんなそれぞれ違うように、面白さの基準も違った。学生時代の友人の一人に、屋内の観葉植物みたいに過ごすのは退屈じゃないのかと訊かれたことがある。それを聞いて、観葉植物という表現がぴったりだと感じて笑ってしまった。わたしの娯楽は友人にはとうてい理解できなくて、面白みなんてまるでないように見えるのかもしれない。

毎日を愉快に過ごせなくても、わたしだけのための幸せな一日を過ごす方法に気づ

＃04

その人とのもつれを抱えて
進もうと思うなら。

きつつ暮らしている。活動的じゃないせいで誰かに心配に満ちた小言を言われても、ただの寝言と思って流すのにも慣れた。人の言う楽しみに従って試してみたりもしない。わたしはわたしでしかないのだから、わたしだけの面白い人生を存分に楽しんでいる。

年上の人たちのアドバイスのように人生は短い。これまでの短い人生を振り返ったとき、わたしのつつましい娯楽を後悔したことはまだない。きっと、これからも。

心配で包んだお節介は聞き流すこと。

75 ／ 人に合わせなくてもいいんだよ

愛犬のクリームはひどく怖がりだ。友達をつくってあげたくて散歩中に会う犬たちを紹介してもあげたし、ドッグカフェに連れて行って夢中で遊べる環境を提供してもみたけれど、なかなか他の犬たちと仲良く過ごせない。嬉しくて走り寄ってくる他の犬を見ると怖気づいて、尻尾をだらりと下げてはわたしの後ろにちょこちょこと隠れる。

友達はわたしとわたしの恋人だけだ。外に散歩にも行くし、家でもよく遊んであげているけれど、クリームが退屈している気がして心配になった。クリームを抱いて、恋人と一緒に愛犬教育の専門家に相談に行った。専門家は、クリームが他の犬と交わらずにすみっこに行ったり一人遊びする様子を観察していた。そのあいだに散歩中のさまざまな出来事について話した。話を聞き、クリームの行動を見守った専門家は、わたしに向かって意外なことを言った。
「クリームは社会性が不足していますが、他の犬たちより落ち着きがあって繊細な子です。それから、いまクリームはとっても幸せで楽しそうですよ。一匹でいたり友達とうまく付き合えないからといって、寂しかったり退屈なのではありません。人と同じように犬もみんな性格が違います。クリームに他の犬を無理に会わせるのは返ってストレスになります。いまみたいに家でよく遊んであげて、どうせなら他の犬がいない場所を探して散歩させてください。年をとるにつれて自然に友達と付き合うようになるかもしれませんし、そうでなければ、いまみたいに一匹でも十分に幸せな子として育ちますよ」

向こうで恋人とボール遊びをしているクリームを眺めた。にこっと口角を上げてあっちこっちにうきうき駆け回る姿はとてもかわいかった。わたしが近寄ると、すぐにとことこ駆け寄ってくるので抱き上げた。わたしの肩に甘えるようにゆったりと顔をもたせかける、その背中をなでた。

わたしも一人の時間が好きだ。人と会って軽い話をする時間より、どうせなら一人で本を読んだり何か書いたりしているほうが幸せだ。友人に会っておしゃべりして過ごすことがストレス解消になる人もいるが、わたしにとっては他人に会うこと自体がストレスになった。クリームの性格も似ているみたいだ。恋人とわたしが買ってあげるおもちゃをあれこれくわえて一匹で走り回り、好きな子守歌をかけてあげると毛布の上に乗って、すやすや眠るのがこの子の娯楽だったのだ。

大学入学と同時にソウルにやって来て一人暮らしをはじめたころのことだ。週末ほとんど家から出ないわたしが気がかりだったのか、外に出て人と会って遊んでおいでと母に言われたものだ。授業のある日に会う友人だけで十分だった。しいて週末まで親しくもない誰かと会わなくてはいけないなんて嫌なので、週末は英語の勉強をしないといけないんだと母に言い訳をして、家でドラマや映画を見たり本を読んだりしていた。

振り返ってみると、わたしの二十代はとても幸せな時間で満たされていた。引っ越しをするたびに持ち運んでいる大切な本たちも、いまでもセリフを記憶しているぐらい好きな映画も、暇を見つけては書き溜めてきた若いころの原稿も、それらと共に過ごした時間がとても楽しかったと語っている。ソウルに住んでだいぶ経つけれど、ソウルのランドマークやおいしいと評判の店など、行ってみたことのない場所は多い。まだ行ってないなんてどういうことなの、なんでそんなつまらない生き方をしてるの、と友人たちに言われるけれど、わたしの人生はいつだって楽しかった。

誰もがみんな違うスタイルで人生を生きている。誰かの姿だけが正しいのでも間違っているのでもない。さまざまな性格が共存しているように、人生のスタイルもさまざまだ。自分の考えだけに固執するのもよくないけれど、他人のスタイルばかり憧れて追い求める必要はない。

人生において、楽しさの基準は他人よりも自分に合わせて過ごすほうが幸せだ。

もっと幸せになると思います。
他人よりも自分に合わせて過ごすほうが。

76／人の顔色をうかがうことが癖になっているのなら

スピーチ講座を訪れる人の受講目的はさまざまだ。就職活動の面接対策で学ぶ人もいるし、社内でプレゼンをするからと受ける人もいる。わたしにとっては受講生全員が大切な縁だけれど、とりわけ気になる生徒がいた。丸いフレームの眼鏡がとてもよく似合う、かわいいジヘ。受講目的は、面接対策でもプレゼンの準備でもなく、友人の結婚式で司会をするためでもなかった。

「友達と上手に会話をしたいんです」

授業前に行った面談で、彼女が最初に言った言葉だ。声が不安にまみれていた。ひと言だったけれど、これまでの友人関係でどんなに気苦労が絶えなかったかわかるような気がした。普段の言語習慣*における長所と短所に関する質問に答えてもらった。長所はひとつもなくて、短所ばかり五つ以上書いて提出してきた。彼女の声のトーンは好感を与えるし、発音が不正確というわけでもなかったので、答えが腑に落ちなかった。

さまざまなテーマで短いスピーチの練習もしたし、ありふれたことを話す対話の練習も続けた。緊張すると筋肉が硬直して発声も思いどおりにならないし、言いたいこともうまく思い浮かばないので、彼女にこう言った。

「ジヘさん、気楽に、友達との会話みたいに話せばいいんですよ」

小さく聞こえる彼女のため息に、かける言葉を間違えたと思った。

「友達と話すのがいちばん難しいんです」

彼女はつらそうに、でもはっきりと、何があったのか聞かせてくれた。中学のころから成績は上位圏を維持していたそうだ。地方からソウルの大学に進学してからというもの、ずっと一緒だった地元の友達との会話が難しくなった気がするそうだ。一人

＊話す・書く・聞く・読むという言語生活をしていく中で自然とつくられる習慣。

離れての大学生活の大変さについて話したつもりなのに、高校の同級生たちは偉そうだと誤解したのだ。むかつく、と彼女のいないところで陰口を言っていたのを聞いたこともあると打ち明けてくれた。長い付き合いだった友人たちは、ある日突然ジヘに背を向け、ジヘ本人はというとソウルで一人泣くことが多かったそうだ。高校を卒業するまで友人関係は難しくなかったのに、そのことがあってから人と知り合うことがひどく難しくなった。故郷に戻って実家に帰っても会う友人がいなくなったと最後に言うと、彼女は苦笑いを浮かべた。

その出来事のせいで、彼女は会話や行動の一つひとつに難しさを感じるようになり、それは三十歳を過ぎたいまも続いていた。会社の同僚たちとの気楽な会話が怖くなって、どんな話を切り出すべきかわからず萎縮するありさまだった。とくに中身のない話をするのにも周囲の顔色をうかがうのが癖になり、信念をもって意見を言うこともできなくなった。彼女の過去の事情を知りえない他人からすれば、単に重苦しくふさぎこんだ人に見えていただろう。わたしが彼女にまずやらなくてはいけないと決めた宿題はひとつだった。

「まずはあなた自身が自分の話を聞いてあげること」

これからの彼女の人生で、言葉をもう恐れないでほしいと思った。話してもいいのかしきりにためらって口を開かないようになっては、生きていくうえでとても不便だ。自分の話を彼女自身が真摯に聞いてあげなくては。悪意のない言葉を捻じ曲げて受け取る人や、自責の念でいっぱいの心の鏡に反射させてから聞くような人のことを考えて前のめりに恐れることはない。彼女には、鏡に映る自分の目を見て話す練習をしてもらった。短い一分スピーチからはじめて、十分間できるようになるまで、少しずつ伸ばしていった。鏡の中の自分を見ながら話す時間は、自分の言葉を聞く時間でもあった。時間が経つほどに彼女のまなざしや心が健やかに、そしてしっかりしていくのがわかった。

わたしもまた、リラックスして会話できるようになるまでは大変な時期もあった。とくに意味のない言葉も自責の念にかられた人に対しては刃になったこともあるし、テレビ番組の面白かった内容を話しても、受け取る人によってはまったく面白くない会話になったりもした。

言葉による誤解も経験したし、言葉のせいで痛みを感じたこともあるけれど、人の顔色を見ないのは自分を信じているからだ。言葉を果てしなく捻じ曲げて聞く人に自分を合わせなくてもいいし、ぶしつけに鋭い言葉をあびせてくる人の話は終わりまで聞く必要がないと学んだ。そして、自分が慎重に言葉を選び出し、礼儀正しく話す人間だと知っている。

いま、彼女は相手の目を見て話す。顔色をうかがいつつ会話をはじめていた癖もなくなり、流れに合わせて自然に対話をリードする方法も知っている。まわりからも性格がよくなったと言われて喜ぶ姿がとても明るく見えた。一緒に行った発声法や発音の練習、話術トレーニングのおかげではない。とても単純な事実をひとつ理解したのだ。

自分をいちばんよく知っているのは他人ではなく自分自身、ということを。

77／わたしはわたしが好き

わたしは、地下鉄やバスに乗るとほとんどの人が耳に装着しているワイヤレスイヤホンを持っていない。ランニングマシンで走るときやウエイトトレーニングをするときにブルートゥースイヤホンがすごく便利だと妹にすすめられたけれど、いまだに有線のイヤホンを使っている。使わないときはぐるぐる丸めて片づけ、音楽を聞くときはまたぐるぐるほどく、その一連の過程が面倒だけどなかなか楽しい。地下鉄の駅から家まで歩くあいだに歌をがんばって聞かせてくれたイヤホンを、きれいに丸めてカバンにしまうとき、小さな喜びを感じる。

リンゴの描かれたおしゃれで薄いノートパソコンを持ち歩いて作業する作家たちがかっこよく見えはするけれど、原稿の草稿は手書きで作成するのが好きだ。カフェで作業をする日は、恋人からプレゼントされたノート一冊と、作文講座の受講生から贈られたペン一本をカバンに入れて行く。紙にペンがあたるカリカリという音を応援歌に原稿を書く。ノートからただよう紙ならではのにおいも好きだし、力を込めて書くせいで、紙に文字のかたちの跡がつくのを見ると満足する。

自分でコーヒーをいれて飲む日も、ハンドドリップを愛用している。豆を手ごろな細かさに挽く道具をグラインダーと言うのだけれど、電動ではなく手回しで豆を挽くハンドグラインダーを使う。子どものころに鉛筆削り器を回したみたいに、丸く円を描きながら動かすとちょうどいい細かさの粉ができる。その粉の上にゆっくり丸くお湯を注いで待つと、温かい一杯のコーヒーができあがる。機械で抽出するよりも時間はかかるけれど、風雅で複雑な過程がその一杯をより香り高く感じさせる。

スマートフォンを使っているけれど、電話をかけて、受けて、メールを送り、ネットサーフィンをする程度だ。たまに恋人が写真を横長に撮ることのできるパノラマ機能とか、顔が映ると犬の耳がつくフィルター機能を教えてくれると、不思議でしかたがない。電話も写真もＳＮＳも好きだけれど、直接顔を見て話すほうが好きなので、誰かと一緒にいるときはほとんど携帯電話を触らない。液晶画面を通して見る動画や絵より、紙に盛り込まれた活字から得られる温もりを感じたいから、一人でいるときも携帯電話はちょっと遠ざけて置いておく。

心を込めて何かを贈りたいときは、手書きの手紙も一通用意する。一文字一文字に気持ちを全部込めたくて、いっそう慎重に書く。感謝も、お祝いの気持ちも、申し訳なさも、より深く伝わるようにと祈りながら便箋に綴る。

もちろんわたしも、忙しい日はマシンでいれたコーヒーを飲みつつノートパソコンであたふたと作業し、メッセンジャーアプリが知らせてくれて思い出した友人の誕生日にあわててソーシャルギフトを贈る。便利で、洗練されていて、効率的で、最近ものすごくよくなったけれど、それでも時間が許すならちょっとゆっくりしたものが好きだ。野暮ったい人に見えるかもしれないけれど、そんな野暮ったくて時代遅れな自分が好きだ。

二十歳のころからずっと残している手あかのついた習作ノートたちも、最初に出した本の草稿を書いた紙束も、何度も読んで手あかのついた本も、替芯だけ交換して使うせいでもともと描かれていたキャラクターがかすれてきたボールペンも、ちょっと古ぼけたコーヒードリッパーも、地下鉄に乗るときはいつも一緒のイヤホンも、一冊のほとんどを使いきっている草稿ノートも、わたしにとってはすべてが愛おしい。ほんの少しゆっくりだとしても、一緒にいればずっと幸せな、わたしの原動力だ。どのくらい進んできたのか、もっとあせるべきではないかと不安になる前に、きちんと進んでいると労わってくれる、とても大切な人生のかけらたちだ。

わたしはその野暮ったくて時代遅れなものたちを愛している。
大切な人生のかけらたちを愛している。
わたしはわたしを愛している。

78 ／ 自然に離れて、また近づく

自然と近づくように、自然に離れもするのが縁だ。近しかった誰かがいまさらのように離れてゆき、他人行儀にときどき連絡を取り合っていた誰かが、いつしか二人といない親友になったりする。結びつくのも切れるのも思いのほかたやすいから、変わりゆくのが当たり前と化した。

メッセンジャーアプリの友人一覧をスクロールし続ければ多くの名前が表示されても、実際にメッセージのやりとりをした人は限られる。知り合っただけの人、たまま連絡をした知人、以前ちょっとだけ勤めていた会社の同僚、一時期親しくしていた同期など、遠くなってしまってもう気軽に連絡をとらなくなった人がまた増えた。

思いがけないところで自分と向き合ったことがある。本を買った帰り道、地下鉄のガラス窓に偶然反射して映し出された自分の姿を見た。二十代はじめの姿だけが頭の中になんとなく残ったまま過ごしていたのか、ガラスに映るわたしはちょっと見慣れない姿をしていた。コンシーラーで隠しきれない目の下にくっきり出たくまと、ほうれい線を消した跡が見えた。過ごしてきた時間の流れだと思った。よく耐えてきたという満足感と同時に、過ぎた日への恋しさも沸きあがった。あのころを一緒に過ごしていた縁に会いたくなった。何年かほとんど連絡できていなかったオンニに、メッセージを送った。

「オンニ、元気ですか？」

返事は来ないかもしれないし、来るとしても少し時間が経ってからだと思っていたのに、彼女からのメッセージの着信音がすぐ聞こえた。

「ユウン、久しぶり。わたしは元気だよ。会いたいなあ」

楽しい瞬間を共に過ごした彼女からのメッセージを読んで、思わず笑顔になった。トッポギは日に二回食べても全然飽きないと言い合っては、明日も食べようと約束していたあのころのわたしたちを思い出した。深刻な問題で悩んでいたかと思うと、新商品のティントがかわいいという話に夢中になっていた、若かりし二人の姿がありありと思い浮かんだ。仕事の都合で他の地域へ引っ越した彼女と会う約束をした。きっと過去のわたしたちとはまるで別人だろうけれど、大丈夫だと思った。

完全に途切れてしまった縁でないなら、いつでもまた近づける。ふいに誰かを懐かしいと思ったら、どうしてるかなあと会いたくなった人がいるなら、ちょっと勇気を出してもいい。

ひょっとしたらその人もあなたの連絡を待っているから。
ひょっとしたらその人もあなたの連絡を待っているから。
ひょっとしたらその人もあなたの連絡を待っているから。

79

あげるだけもらわなくても、幸せなのよ。

贈り物や好意みたいなものを受けるのが重荷だった。もらっただけ返さないといけないと、勝手に負担を感じていたせいだ。どんなかたちであれ親切を受けること自体を気まずく感じていた、バカみたいな時期があった。友人と食事をして会計しようとしたとき、友人が先に会計をすませていたことがある。

「次はユウンがおごってよ。もっと会お」

彼女の言葉に笑ってうなずいたけれど、胸の内はひどく気まずかった。いくら友人とはいえ、借金をしたようで嫌だった。近くのカフェに席を移して飲み物二杯とケーキをおごり、家で食べてとパンをいくつか包んで彼女に持たせてやっと安心した。

当時わたしは学生で、いくつもの試験の準備で忙しい時期だったから、会うための気持ちの余裕をもてそうにないと、前もって決めつけたのだ。友人に「前はおごってもらったから今日はわたしがおごるね。晩ご飯を食べようよ」と声をかける時間をつくらないために、先に好意を返した。それほどに二十代はじめのわたしは融通の利かない人間だった。

運のいいことに、わたしのまわりは素敵な人ばかりだった。他人に対して高い壁をつくって生きているわたしに、壁越しに絶えず愛情を送ってくれる友人たちがいた。TOEIC塾の講師だったころ、一緒に働いていた同僚の先生と親しくなってみたら、地元が同じだった。大学生のころソウルに来て一人暮らしをした経験や、好きな映画、興味のあることが似ていたのですぐ仲良くなった。わたしより年上の彼女を、私的な席では親しみを込めてオンニと呼ぶようになり、オンニはいつもわたしに何かをあげたがっていた。

彼女は旅先でグミを買ってきたり、1+1《ワンプラスワン》〔ひとつ買うと同じものがもうひとつ無料でついてくるという販売方法〕だったからとシャワージェルをプレゼントしてくれたりもした。デパートに行ったんだけどユウンにすごく似合いそうだったから買ってきた、と言ってリップスティックをくれたこともある。そのたびにわたしも返さなければという信念で、似たようなものを買ってオンニに渡していた。

ある日、オンニが言った。
「あげる人は、ただあげるだけでも嬉しいものなの。ギブアンドテイクはすべての人に適用されるわけではないんじゃない？　わたしは妹がいないから、ユウンが妹みたいに思えて好きなだけ。それだけ」

振り返ってみると確かにそうだった。まわりの人たちはわたしに、きみが思い浮かんだと言って渡してくれたものだ。タンブラー、チェック柄のマフラー、日焼け止め、全部そうだった。おまえにこれをやるから、おまえもわたしに返さないといけない、という意味でくれたことはなかった。カフェに行って会計のときに目に入ったからマフラーを買ったんだけど、きみの首まわりがスカスカだったのを思い出してとか、化粧品を選んでいたら肌のタイプが似ているあなたにもすすめたくなってとか、そんな優しい理由だった。わたしのことをふいに思い出して、わたしが小さな幸せを感じてくれたら、そんな願いの込もったプレゼントだった。

最近のわたしは、受け取る喜びを感じて生きている。時間や経済的に余裕ができたからではなく、心を分かち合う余裕をもてたからだ。対価のない好意はありえないと思って相変わらず警戒心を抱いて生きているけれど、わたしのことを大切にしてくれて、わたしが大切にしている人たちと交わす好意は、とても幸せなものだと考えたりする。

誕生日みたいに特別な日でもないのに、友人が送ってくれたコーヒーのサービス券を見て笑顔になる。自分のリップスティックを選びに行っても、よく似合いそうな妹のことが思い浮かんだらもうひとつ買って帰る。自分が好きな人たちに心をあげて愛情を受け取ることは、重荷ではなく大切なことなのだと、徐々に理解しつつある。

あげる人は、ただあげるだけでも嬉しいものなの。

80／お母さんみたいには生きないよ

父方の祖父母は、わたしにとってはいい人だったけれど、母にとってもいい人だったかどうかはよくわからない。孫娘のためならいちばんよいことだけをしてあげたがり、わたしの言うことならなんでも聞いてあげたがっていた祖父母だけれど、実際、彼らのせいでただ泣くしかなかった母をときどき目にした。

祖父は、祖父の祖父母にとっての初孫だ。経済的に苦しい家の長男だった祖父は、一日があっという間に感じるほど一生懸命生きたそうだ。自力で一家の暮らしを立て、妹弟たちの教育費や結婚費用まで責任をもって育てあげた。もうすぐ六十歳になる父が子どものころといったらかなり昔なのに、家にカラーテレビがあって父と兄弟たちは家庭教師をつけてもらっていたぐらいだから、祖父母が死に物狂いで生きてきたことは、わたしも素晴らしいと思っている。

苦しい幼少期を過ごしたためか、祖父は茶礼《チャレ》と祭祀《チェサ》〔いずれも先祖を祭る儀式〕をなにより重要視した。秋夕《チュソク》〔旧暦八月十五日〕と旧正月《ソルラル》に行う茶礼の他に、祭祀を年に六回行っていた。そのたびに、大きな机を四つくっつけてつくったお膳にお供えの料理がたくさん並んだ。料理の準備はすべて嫁の役目だった。父の祖父、祖母、曽祖父、曽祖母、高祖父、高祖母。母は顔も知らないご先祖様のために料理をつくらなくてはいけなかった。父はそんな母の姿が嫌で、ときどき祖父母に不満を表し、祖父母はというと、自分たちが死ぬまででいいからと答えていた。

お膳に載せる料理は高く積み上げなくてはいけないからと、とんでもない量のジョン〔韓国風ピカタ〕や串焼きをつくった。母は全身に油のにおいがしみつくまでつくりにつくった。彼女がどれほど愛されて育った大切な娘か、どんな勉強をして、何が得意で、どんな人かといったことは重要ではなく、嫁だからというだけで、台所という空間で静かにジョンを焼いていた。ドラマで見ていたような、笑顔にあふれて和気あいあいとした雰囲気で料理する場面は決して存在しなかった。

わたしが中学一年生だったころ、旧正月の朝のことだ。夜明け前に起きて、茶礼を行った。お膳に向かって男たちが拝礼をするとき、料理をすべてつくった嫁は後ろに立っている、そんな様子を見るのが今日に限って気まずい、そんな朝だった。トック〔餅入りのスープ〕を食べる朝食の席で、いまからでも息子をつくってはどうだと父と母に言った祖母の言葉がやけに気に障った。わたしと妹が娘だから祭祀を執り行う人がいない〔茶礼や祭祀といった先祖を祭る儀式は成人男性が仕切って執り行う〕、これでもう家系が断絶してしまったと言う祖母のため息が胸にぶすぶす刺さったまま、口の中のものを飲み込まなくてはいけなかった。朝食を終えてわたしは自室に戻った。茶礼に使ったお膳などを片づけ、皿洗いまですませた母が部屋に入ってきて、わたしの頭をなでながら涙を流した。

「ユウン、お母さんも母さんに会いたい」

母が泣いているのに何もできなかった。早くおばあちゃんに会いに行こうと言って母をぎゅっと抱きしめた。声を出さないように喉を詰まらせて泣く母のために、わたしも「お母さん、泣かないで」とだけ繰り返しながら、一緒に泣くことしかできなかった。

しばらくして、おばが来ると聞いた祖母が、みんなでお昼を食べに行こうと言い出した。父は断ったが、母は賛成した。だから、祖母の前で一度も意見したことのなかったわたしが初めて口を開いた。

「おばさんも自分のお母さんに会いに来るんだから、わたしのお母さんもお母さんに会いに行くべきよ。おばあちゃん」

胸の中で熱いものがうねっていた。怒りと悲しみの混じった何かだった。祖母は何も返せなかった。嫁も娘だと思っている、娘みたいに付き合おうと祖母はいつも言っていたけれど、娘として接したことはただの一度もなかった。嫁は娘になりえないという言葉を実感した。わたしたちはすぐさま母方の祖母宅に向かった。

この一件から、女の人生は苦しいという言葉の意味を当時十四歳にしてわずかながら理解した。つらいのは女だからではなく、現実を反映していない愚かな伝統とひどい固執のせいだと感じた。

それからというもの、旧正月は母方の祖母宅を、秋夕は父方の祖父母宅を先に訪ねると決めた。多すぎる祭祀も、両親はお供えのお膳が準備できてから出席することにした。いくら愛する夫の先祖とはいえ、顔も知らないし関わりもまったくない誰かの死をたたえるのに、一人の女の犠牲が混じるのはいまからでもやめるべき、という父の主張のおかげだった。

わたしが成人したとき、母はわたしにこう言ったことがある。

「あなたはわたしのように生きないで。祭祀とか茶礼のためにどこかの台所で一人で泣きながら仕事をするのは、お母さん一人で十分」

わかったとうなずいた。心配しないでと言って母を安心させた。母と娘である以前に同じ女として、彼女の涙を拭いながら。

「お母さんも、母さんに会いたい」

81 ／ その人とのもつれを抱えて進もうと思うなら

恋人ができた異性の友人には、用もないのに二人きりで食事をしようとか、映画を見ようとかいう連絡をしない。SNSでハッシュタグをつけたり、会いたいなんて余計なコメントを書かない。友人の恋人と会うときは、友人の昔の恋人に関する話をしない。恋愛中なら、恋人との約束を守るために最善を尽くす。初対面なのにその人を評価すると言い訳をして試したりしない。わたしの基準では、少しでも相手に対する配慮をわかっている人ならごく当たり前に守るべきことだ。奥深い理論や思想ではなく、基本的な礼儀であり、簡単に守れる内容だと思っている。

残念ながらそれらを守れない人をたくさん見てきた。読者たちから届いたいくつものエピソードに登場する「男友達」や「女友達」、わたしの友人や先輩からも聞いたし、さらにはわたし自身もそんな種類の人間に出会ったことがある。

ときおり、悩みを吐露するメールが届く。内容はさまざまだ。

「彼の女友達が彼のSNSに熱心にコメントを残すんですけど、それがすごく嫌なんです。コメントに喜んでレスをしてる彼にも腹が立ちます」

「恋人の友人に会いに行った席でのことなんですが、初対面のその友人が、恋人の元カレについて話すんですよ。二人はお似合いだった、けんかもしなかったとか、そんなことを」

「お酒を飲むときはきちんと連絡するって約束したのに、酒を飲んだら最後、連絡がとれないんです。次の日になってやっとメッセージが一行だけ。酔っててそれどころじゃなかったって」

こういった悩みに続く質問は共通している。

「どうしたらいいんでしょう？」

わたしに訊く前から答えは自分でわかっている。過ちをそのまま見過ごしたら、この先いつか大きな嵐がくると感じているのだ。不快だと感情を吐き出したときに、関係が変わらないでいられるかが不安なだけで。

文字と言葉は違うけれど、類似点もある。それは自分の考えを表出するという点で、いちばんの魅力だ。とくに、心が痛くてもどかしい状況であればあるほど、絶対に考えを表すべきだ。言葉という道具を使ってもいいし、文字で書いてもいい。「わたしが話をもちだして抱えていた思いを伝えたら、二人の関係が気まずくなるのではないか、心の狭い人間だと思われないだろうか。わたしがここで一度我慢すればいい関係を維持する助けになるんじゃないだろうか」。そんな心配をして無理に我慢してやり過ごすのは、真のいい関係に向かうのを妨げる行為だ。

一度の消毒でよくなる程度の浅い掻き傷ができるのが怖くて、跡が残るほど深い傷になるまで化膿させておかないでほしい。関係を維持するときに、小さな掻き傷のひとつもできないわけがない。健やかな関係とは、直してもらうべき点、残念な点、気に病んでしまう点などを話し、すり合わせながら一緒に強くしていくものだ。もつれたら一緒にほどいて成長する。解決法は、避けることではなく一緒に進むことだと理解しなくてはいけない。

二人のあいだで掻き傷ができるのが怖いからと、自分の心に生じた傷をそのままにしてはいけない。問題を表に出すべきだ。小さな傷に痛いと言って逃げてしまう人なら、これ幸い。小さい掻き傷すら一緒に治せないほど薄っぺらい人であることを、早々に気づけたのだから。

掻き傷はどんなにひりひり痛んでも、いずれは癒えるものだ。

掻き傷：
爪などでひっ掻いたり掻かれてできた
小さな傷

82
／
自尊心を高めるために

第三者の目で見るとどうってことない過ちでも、自分を責めるようになって不安を感じるようになる。自分自身を振り返る姿勢は必要だけれど、厳しすぎるべきではない。困難に震えている友人を、挫折することはないと励ましてあげるように、自分に対しても、大丈夫だ、投げ出すことはないという応援が必要だ。

自分が自分を過少評価していないか、自分の長所を些末なものだと思いすぎてはいないか、ごく小さな短所をやたら大きく判断してはいないか、顧みるべきだ。他人に寛大なのと同じぐらい、自分に寛大であってもいい。うまくやっている自分自身を卑下しなくてもいい。

十分に、うまくやっている。

ほとんどの人は気楽さにすぐ慣れてゆき、
感謝の気持ちを簡単に忘れる人もいる。

だから相手がどんな人でも、
拒むことで少し胸がちくちくして気まずい思いをしても、
自分のために勇気を出してみる必要がある。
間違いなく。

いい人［いい：ひと］

名詞

嬉しいことを思う存分喜び
悲しいことに思いきり憂鬱になる
嘘偽りなく愛おしい
ありのままの自分

おわりに　日本語版刊行に寄せて

何気なくやり過ごせない場面、たやすく聞き流せない単語、心のどこかに残るまなざしをときどき思い出します。物書きにとってはすべての瞬間が創作のインスピレーションの源です。日本の読者のみなさんに届く文章を書いているこの瞬間は、ときめきと幸せという単語と共に、長く胸にとどめておくと思います。

本書の原稿を書くあいだ、とても幸せでした。自分はすべてを愛せるわけではないと謙虚に認められるようになり、意外と弱い人間だということもわかりました。あえて強いふりをする必要はなく、すべての人を何もかも理解しようと努めずに生きても大丈夫だと気づきました。たぶん、本書を読み終えたみなさんも、より楽な気持ちで笑顔になれるでしょう。

人間関係は難しい問題でした。そのためによく体調を崩しました。でも、経験していくうちにわかりました。離れては近づき、近づいたかと思うと離れるのが人間関係の自然な姿だと。強引に捕まえておく必要も、離れていくのを恐れる必要もありませんでした。そんなこともあるよとやり過ごすようになって、長いあいだ願ってきた穏やかな気持ちが訪れました。

自分と合わない人や自分を傷つける言葉から、心を守りつつ生きていく方法を身につけなくてはいけません。サイズの合わない服に無理やり体を詰め込む必要がないように、合わない人に合わせようと努力しなくてもいいのです。一度、目を閉じて何度か息をつき、遠ざかる存在をゆっくりと整理していく、それが大人になる過程ではないかと思います。

毎日を平穏に過ごせないと知っています。ですが、日本の読者のみなさんにはいつでも平穏でいてほしい。どうせなら、しょっちゅう幸せで、寂しさはほんのたまにだけだといいと思っています。文字たちが集まってつくりあげた文章には温もりがあると信じています。心が冷えきっていると感じる日には、この本の文章が穏やかな温もりになってくれるでしょう。

変わらぬものはないとしても、変わらない事実がひとつあります。あなたはとてもいい人だという事実です。心がつらい日も、悲しみが訪れた日にも、毅然と、そして淡々と、上手に流すあなたを応援しています。日本の美しい空の下、どこかでこの本を読んでいるあなたに、わたしの書いた文章が勇気となって心に染み込むことを願っています。

韓国にて

キム・ユウン

【著者紹介】

キム・ユウン

◉――文字を集めて整えるのが仕事。たとえ一枚の紙であっても、そこに文字が込められた瞬間に温もりが生まれると知っている。涙をこらえようとして喉元が熱くなる日も、言いたいことを飲み込もうとして喉の奥が詰まる日もあるけれど、どんな一日も文字たちが集まって抱きしめてくれると信じている。紙に温もりを込めるために書き続ける。

Instagram：@oeouoo

【訳者紹介】

西野　明奈（にしの・はるな）

◉――茨城県生まれ。上智大学短期大学部英語科卒。延世大学韓国語学堂修了。韓国ドラマの魅力を知り、韓国語の勉強をはじめる。現在は会社員として働きながら韓国語の文芸翻訳に携わる。韓国語翻訳者の古川綾子氏に師事。

◉――訳書に『太れば世界が終わると思った』（共訳、扶桑社)、『韓国ドラマが教えてくれた大切なこと』（かんき出版）がある。

すべての人《ひと》にいい人《ひと》でいる必要《ひつよう》なんてない

2023年９月１日　第１刷発行
2024年６月20日　第10刷発行

著　者――キム・ユウン
訳　者――西野　明奈
発行者――齊藤　龍男
発行所――株式会社かんき出版
東京都千代田区麴町4-1-4　西脇ビル　〒102-0083
電話　営業部：03(3262)8011㈹　編集部：03(3262)8012㈹
FAX　03(3234)4421　振替　00100-2-62304
https://kanki-pub.co.jp/

印刷所――ベクトル印刷株式会社

乱丁・落丁本はお取り替えいたします。購入した書店名を明記して、小社へお送りください。ただし、古書店で購入された場合は、お取り替えできません。
本書の一部・もしくは全部の無断転載・複製複写、デジタルデータ化、放送、データ配信などをすることは、法律で認められた場合を除いて、著作権の侵害となります。
©Haruna Nishino 2023 Printed in JAPAN

ISBN978-4-7612-7689-8 C0098

かんき出版K-BOOKSチーム

公式Twitter はじめました!!

@kankipub_kbooks 検索

このアカウントでは
韓国関連書籍の情報を発信しています。
新刊や重版案内、
ときどき韓国ドラマやK-POPネタなども
つぶやきながらゆるっとお届け。
みなさんのいいね、リツイート、フォロー
大歓迎です!